私たちは人生に翻弄されるただの葉っぱなんかではない

幻冬舎

自由とは自分で決められるということ

目次

プレゼントはもう降ってこない

昔、若い頃は、何かいいことが外から降ってくる、何か素晴らしいことが空からポーンと落ちてくるような感じがありました。

たまに朗報みたいなのが急にやってきて、それが私の心をウキウキさせてくれましたが、大人になったらそんないいことは外から来ない、空から降ってこないということがわかるようになりました。

40歳を過ぎた頃ぐらいからかな。

最近、あんまり来ないなあ……って不思議に思うようになりました。考えてみたら、その頃から下の世代の人たちと仕事するようになって、突然、連絡をとったり、そうするとみんなすごく喜んでくれて。

気づいたんです。逆に自分が人を喜ばす側になったんだと。

世の中はなんだかわからない大きな無限の世界で、すごくて素晴らしい何かがどこかにあるとぼんやり思っていたのです。

でも、素晴らしいことが起こるかもしれないと思っていたのは未熟だったからで、結局、自分が人を喜ばせる立場になったんだと気づいてしまった。

そうすると、もう、あんまり楽しくありません。

成長して歳を取ると、プレゼントをもらう側じゃなくてあげる側になってしまうんです。人からもらうことが、もうあんまりなくなる。だからもうあまり楽しくなくなってしまう。無限の夢みたいなのがなくなる。無限な感じでしたからね、若い時って。何が起こるかわからない、みたいな。

ところが今は、プレゼントの中身まで知ってて、その箱をあげるのが自分、っていう。だからもう、なんにも楽しくないです。箱の中身を知ってるプレゼントですよ。

プレゼントの中身を知ってて、しかもあげるのは自分。

これが人生なんですね。

もう聞きに行かなくてもいい

今までずっと、興味のあるものや心惹かれたものがあったり、そういう人がいると、これはなんだろうとか、それはどういうものなんだろうとか、何を言っているのかなと思って、よく聞きに行ってました。

私自身の考えというのは、子供の時からその時々でそれぞれにあったんですが、それで本当にいいのか、自分はこう思うけど実際は違うかもしれない、という思いがすごく強くて。それで、いろいろな人の意見を聞いてみようと、58歳まで思っていたんです。そこで自分の意見をひとつひとつ確認していました。

58歳の春に、ついにもう自分の考えでいこうと思った瞬間があって、もう聞きに行かなくてもいいなと。

もちろん、これからもいろいろなことをして、刺激を受けたり変化するとは思いますが、とりあえず生徒役は卒業しようかな、もういいかな、とやっと思いました。

もし自分が星の王子さまみたいに

幸せというのは、比較するから感じるのだと思います。

例えば、人が持っていて自分が持っていないもの、人が持っていなくて自分が持っているもの、かつて自分が持っていて今持っていないもの、かつて持っていなくて今持っているもの、というものを比較した時に、幸せを感じたり不幸を感じたりするのだと。

だから、もし自分が星の王子さまみたいにたったひとりで星の上に住んでいたら、誰とも比較できないので、少なくとも人を対象にした幸不幸はないですよね。

自分が幸せだと思いたいのか
人から幸せだと思われたいのか

自分が幸せだと思いたいのか、人から幸せだと思われたいのか、その区別ができていない人が多い、と感じます。

自分が満足したいのか、人から羨ましがられたいのか。

それらは対極にあるものなのに、混同している人がいて、それが欠落感や妬《ねた》みを生みます。それらはものすごく違います。

その違いを突き詰めて考えていくだけで、不幸せだと思うことがグッと減ると思います。

どんな世界でも作れる

10年くらい前、読者の方と直接交流することを試み始めました。さまざまな方法で、思いついたことを次々に開催しました。大人数から少人数まで。会って話をしたり、いろいろなことを。

代々木公園の満月の集会では薄暗がりの木立ちの中を歩き、宮古島の海を見下ろす詩の朗読会では共に暮れてゆく空を見て、12月の少し寒いお台場の散歩では人工の浜辺を歩いているところに鳥が来たり、大きな会場でのコンサート風なもの、小さな場所での質疑応答、1対1のカウンセリング的なこと……。

どれもそれぞれに、とても感動することがあったり、温かい気持ちになったり、泣けてきたり、いろいろありましたが、実際に人と人が会うと、実はなかなか難しい。

私は本の中で、ちょっと崇高な部分を表現しています。崇高というかなんというか、うまく言葉では言えないけど、何かこう、綺麗な……。

でも実際に肉体と肉体で会うと、肉体が邪魔をして、まずは現実的な振る舞いをしてしまいます。お互いに気遣って。だから、なかなか難しいな、と思いました。もちろん、時間をかければできますが、かなり時間がかかるということがわかって、どうすれば、あの部分で通じ合えるかなと。

それで、言葉で語るというのが、次のステップ。それに近づく次の段階のような気がして、言葉で語るということを始めました。

語りかけるというこの関係。

ここに、どんな世界でも作れると思いますが、できるだけ私が目指す方向に持っていきたいと思っています。清らかというか優しいというか、力づけられるような、精神的な成長、そんな方向に向かって進めていきたいと。

少しずつ。

少しずつでも。

目的さえちゃんとあれば、時間をかければ、目指すところに近づけることを私はわかっています。

野心家とは話が合わない

「今から成功したい」という野心を持っている人とは、どうしても話が合いません。私自身が既にその時期を過ぎたからなんですけど。

若い頃は、例えば自分がやりたいことで成功したいとか、仕事がうまくいってたくさんお金が入ってきたらいいなとか、たくさんの人に知られて、売れたり、人気が出たりしたらいいなとか、そういう成功みたいなものって、普通、誰でも何か仕事をやっていたら思うだろうし、私も多分昔はそういう気持ちを少しは持っていたと思います。それは、張り合いというか、夢みたいなものです。

でも何十年も生きてきて、ある程度、なるほどと納得というか、こういう感じかというのがわかって、そういう第一次的な夢の時期はもう終わってしまいました。

最近は、自分個人の充足感とか満足感とか安らかな穏やかさとか、そういうものを感じて生きていきたい、という人生の次の段階に入っています。

なので野心みたいなものを持っている人とは、見ているところが違うから話が合わないなあと。それは、人生の真ん中くらいから感じてはいたんですが、完全にはっきりと差が付いてしまいました。

これから何かやりたいっていう人の目って、私が見ているところと全然違うところを見ているんです。だから、目が合わない。心のね。視線がすれ違っちゃうんです。興味の対象が本当に違うので、相手がもし野心を持っていたとしたら、私と会っても、私はその人の野心にプラスになる相手ではないし、もし勘違いして近づいてこられたとしても、その人に私が与えられるものはないから申し訳ないという気になります。

私が今、接したい人って、その最初の段階の欲というのがない人でないと難しいなあと思います。

それでいて、希望や夢みたいなものが全くない人とも全然話が合いません。暗いことばかり考えてる人とか……。

歳を経てくると、視野がすごく狭くなって、自分の世界の中のことしか考えられない人もいて、そういう人とも合わないし。時々話が合うというか、嫌な気持ちにならない人がいると、あれ！　って、驚くくらい滅多にしかいないんですけどね。

でもそういう人とたまに出会うと本当に嬉しいんです。この人、暗くもないし、視野が狭くもない。大人なのに、人の話を聞いてくれる。

話していて自由な感じがする人と会うとすごく嬉しい。

私はあきらめてはいないので。日々ちゃんと探検しています。

その人にしかわからないこと

私は、普段はあまり孤独だと思っていないのですが。時々、孤独を感じる時があります。それはどういう時かというと、例えば、私が自分の思うことを素直に話した時に、たまに否定されることがあるんです。

笑って、「そんなことない」「まさか」と、私が思っている感情を否定される。認めてもらえない。

このあいだも何気なく、「孤独な人生だった……」みたいなことをつぶやいたら、「そんなことあるはずないでしょう」とその人は笑いながらピシッと言って。それに合わせて「まあそうだね。うん」って冗談のように私も笑いつつ、その人には私の孤独はわからないんだ、と思いました。

孤独にもいろいろニュアンスがあって、その時、私が伝えたかった孤独というのは、その人が否定したような孤独ではなかったんです。

きっと言ってもわからないだろうと思ったので、それ以上の説明はもうやめました。

人ってその人にしかわからないことって多いですよね。

人から見て羨ましがられるような立場にある人でも、その人にとって辛いことはあるわけで。私が孤独を感じるということにも、私なりの思いがあるんです。

でも、それを人にわかってほしいとは思わない。だってわからないだろうから。私が思うことに共感してくれるような友達とかパートナーに出会いたいって、昔から思っているけど、出会えていなくて。

でも、やっぱりたまに望む時があって。否定せずに、こういう気持ちをわかってくれる人がいたらいいな、と。

同じようなことを感じたことがあるという人と、語り合えたらいいなと思うことは、たまにだけどあります。生きているうちに会えなくても、もう別にいいんですけれど。

突然その時が来た

私は、２０１８年の春に、それまでずっといろいろなものを見たり聞いたり、興味あるものを研究していたのが終わりました。それはどういうことかというと……。

これはこうだと人に教えたり、大声で確信を持って言っている人の言葉を聞くと、そうなのか！　と思って、聞きに行っていた。そして、その人にとってはそうかもしれないけど、私から見たら違うなと思って帰ってきた。

そしてまた別の大声で断定している人のところに行って、そうなのだろうかと思い、まあ、私とは違うと感じ……。それをずっと繰り返してきました。それが私の研究だったのです。

それ以外には、たくさんの人の心を引きつけるものにも興味があったので、その中でちょっと興味を引かれるものがあった時に、何が人の心を引きつけているのかを実際に知りたいと思って見に行って、なるほどなと感じたりしていました。

そして私が思ったのは、やっぱりたくさんの人の心を引きつけるものには必ずどこかいいところがある、なるほどなと思わせるものがある、ということでした。

でも、そういうのを次から次へと見ていくと、きりがないし、結局同じだなと思いました。人それぞれに言い分があって、それはそれなりに、部分的には納得できるし、その人の世界では正しいのだろう。でもその人の言うことを丸のみしちゃうと一生その人の子分でいなくちゃいけなくなる。なのでもう行かなくてもいいなと思いました。

２０１８年の春に、突然その時が来たんです。あ、もういいんだ、って閃《ひらめ》きました。終わったんだ、研究期間。もう生徒のふりをして見に行かなくてもいいんだ。勉強の期間が終わった、人生の宿題が終わった、もう社会科見学は終わり。よかったーと。すごくホッとしました。

そして、私は自分のやり方で自分の考え方で今後は生きよう、と決めました。

今後は自分からわざわざ出向いていかずに、目の前に自然に流れてきたもの、自然に出会ったものを、自然に吸収していけばいいかなと思っています。

これからは、「外的要因に左右されない個人的幸福」を追求したい。つまり外側のものに影響を受けない自分の幸福ということです。周りが変わっても変わらないものということです。

それを実践して生きていこうと思っています。

恥ずかしくないと思えるところまで考え抜く

研究が終わって、これからは自分の幸福を追求すると話しましたが、今まで研究してきたものをゆっくり整理していく時間になると思います。今までは、資料集めというか、素材とかデータを集めていた時期でした。それを、ゆっくり思い返して整理整頓していくようなことをする気がします。ひとつひとつゆっくり思い出して検証していくような感じです。

過去の出来事で、今思うとよくあんなことしたなとか、知らなかったからできたような恥ずかしいことがいっぱいあって、時々それが浮かんでくるんですけど、それについても恥ずかしくないと思えるところまで考え抜こうと思っています。

でも、よく考えたら、先月もちょっと恥ずかしいことをしてしまいました。ということは、ずっとそういうことをやり続けるのかもしれません。

物事は長い目で見ないとわからないと思っているのですが、長い目で見ると、あの時はああだったけど、結局今思うとこうだなあというふうに考えられたりするので、物事の意味や価値は、長く経てば経つほど変わっていくのだと思います。

それで、いつも何か起こった時に、判断することを保留にしてきているんですけど、それが私があまり物事に驚かない理由のひとつかもしれません。

下手に人に話すと面倒くさいことになる

映画は、映画館で観るのと家で観るのは違います。家だとつまらないとそこでやめてしまうけど、映画館だとそう思いながらも最後まで観て、最後の最後で感動することもある。

人生も一緒なんですよね。苦しいっていうところでやめてしまって、すぐ次のところに行ったら、多分、感動も味わえない。あの苦しみがあったからこそ、最後に、感動を味わえる。途中で嫌になってやめられるものって、何も身に付かない。

苦しみの量と喜びの量は比例する、とよく思います。

苦労については、その人が苦労と思うかどうかというのが大きいのではないでしょうか。

同じことをしても、文句を言う人と、「えっ？　なんとも」って思う人がいます。

私は、会社の苦労とか従業員問題とか、そういうのはなかったけど、その代わり自分が仕事上でやってしまった失敗を10年くらいずっと悔やむとか、個人的なものはありました。あの時は苦しかったなとか。

私の場合、大きい失敗をしても、全部自分でかぶることができるならそうしたいというようなところがあって、結構自分で解決して、黙っています。大失敗しても、黙ってサッと処理して誰にも迷惑をかけなければ誰にもわからない。苦しみ、病気とかそういうことでも、あまり必要がなければ言っていません。

すごく不幸だと感じるようなことが起こったとしても、誰にも言わないでいることができます。平気なんです。なんて言うんだろう……。大したことだと思わない。強いって言われたことがあります。

いや、本当は強いわけでもなく……、それほど重要だと思ってないからなんです。人によっては大騒ぎするようなことでも、私から見たらどうってことないから。黙っていたら、大事にならずに済む、という感じ。周りの人のほうがびっくりするから。わざわざ言わない。下手に話すと面倒くさいことになる。

つまり、簡単に終わらなくなってしまうんです、人に話しちゃうと。

本当に必要なものだけを残したら ほとんどのものが消えた

新しい年の手帳を買ったら、まず大事なものを手書きで書き写します。

大事なものは一年の間に増えていくけど、一年過ぎた頃には消されるものもあって、最終的に新しい手帳にする時は住所とか電話番号とか口座番号とか何かのパスワードみたいなものを２ページ分くらい書けば終わります。それほど面倒くさくなくちょうどいい感じで、楽しみのひとつになっています。

新しい手帳になって新しい年になることはすごく嬉しい。新しい一年がまた始まることで新しく生まれ変わるような気になるからです。ゼロからの出発のような気持ち。またゼロから始められる。パラパラめくって、１月、２月の予定をぼんやり考えたりして……。

予定といっても、私は今ほとんど縛られるものがないので、先の予定といえば自分で決めた宮崎の家に帰る日にちくらいです。予定表に先の約束はゼロ、という月がほとんどです。

なんでこんなに何もなくなったのかなあと、時々すごく不思議に思うんですけど、そういうふうにしたかったからこうなったんです。徐々に。

数年かけて徐々に、あらゆる不必要な縛りと不必要な関係から遠ざかりました。本当に必要なものだけを残したらほとんどのものが消えました。

実際こうなってみると、驚くほど用事がない。

それほどでもない用事がたまにあるよりも、何もないほうがいいんです。次に何でもできるというか、どこにでも向かっていけるように思うので。楽しい約束しか入れないことにしたから、たまに入ってる約束は楽しいものばかりです。

若さゆえの無謀な気分はもう味わえない

人生っていうのは、振り返ると大きな波の連なりのようになっています。

私は結構、このあいだまでいろいろとやることがありました。

子育て期が一番忙しかったという気がします。それがもう終わりかけて、今は、人生の凪《なぎ》の時期というか。本当になんかぴたりと止まって、したいこともなくじっとしています。

時々、旅行に行ったり、ご飯を食べに行ったりしている人の話を聞くと、ああ楽しそうだなってすごく思います。私自身が今そういうことをしていないので、またそういう機会が訪れたら楽しいだろうなって想像して。ひとりではご飯を食べに行ったりしないので、楽しそうだな、いいなって感じでぼんやりと。

もしかして、もうその楽しみは訪れないかもしれないな、とも思います。

庭作りの静かで豊かなほっとする楽しみとか、深い穏やかな幸福感みたいなものはあるかもしれないけど、楽しくて生き生きした、なんとなくちょっとふざけたような若さゆえの無謀な気分を味わうのは、もう不可能なんじゃないかなと思います。

それは、背が伸びて、小さい時に着ていた服が着られなくなったとか、そういう感じに似ているような気がします。

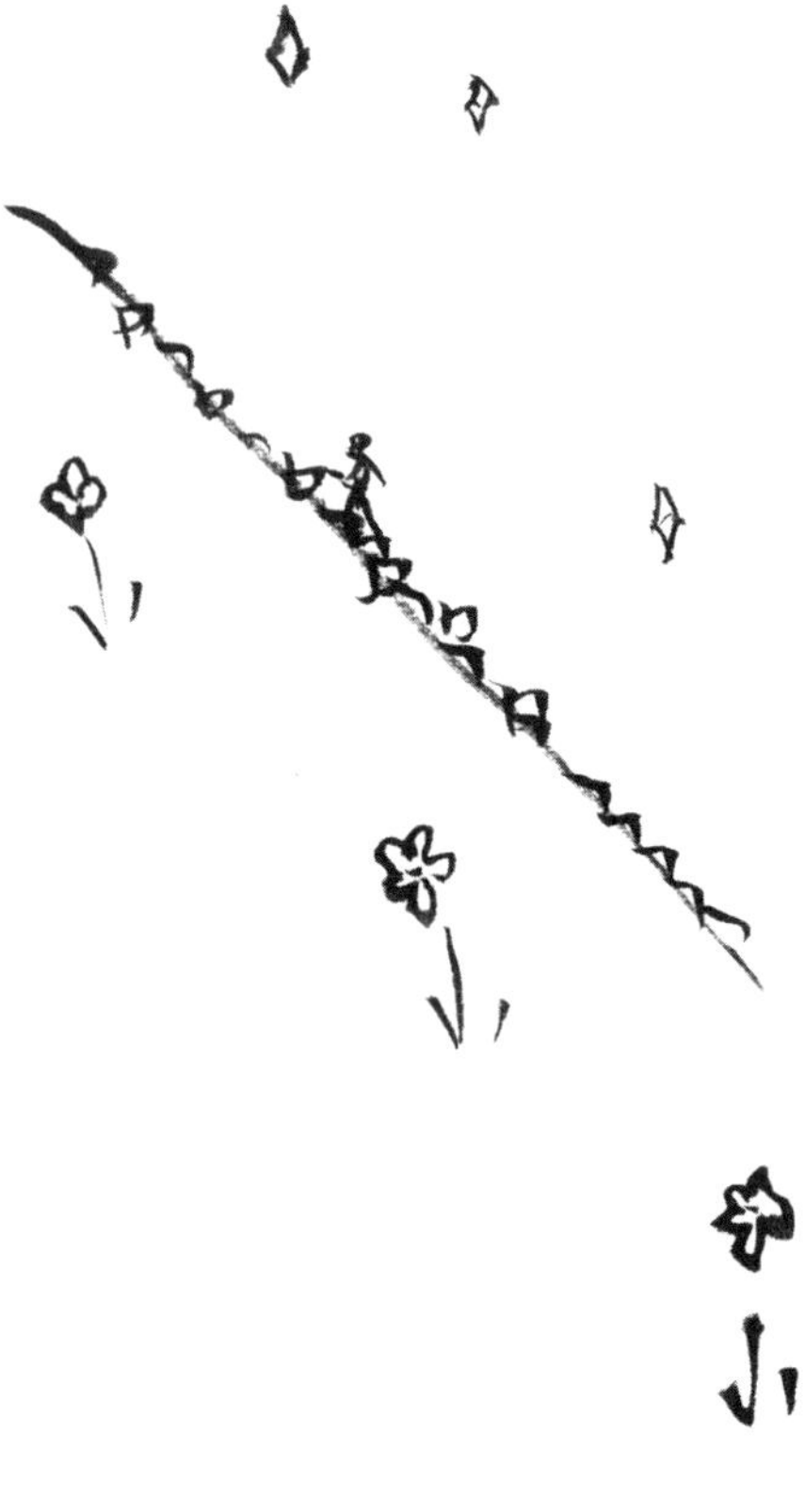

魂の友達について

学校のクラスやサークル仲間とか、子供の時からそうなんですが、ある集団の中に入った時には、そこにひとりくらいはちょっと仲良くなれる人はいるんです。

人生の中でその時その時、小・中・高・大学・アルバイト・仕事・趣味・運動……、与えられたというか、選んだというか、それぞれの環境の中で、とりあえず親しくなる人と出会うことはできます。でもそれが、私自身が最も自分らしさを発揮できる相手であることはあまりなくて、自分の30分の１とか１００分の１くらいの部分で楽しく喋《しゃべ》っています。その範囲では、楽しく喋れたり、仲良くなれるという。まあ、多くの人がそうかもしれないですが。

だから、ママ友とかいろいろ、人と楽しく喋って仲良くしているけど、それはその範囲の中だけで喋っている、その範囲の中の私、という感じです。

その人と共通に喋れること以外の自分もすごく大きくたくさんあるけど、相手にわからなかったりするので、そこは全然話さない。その人と共通の部分だけで親しく楽しく喋る。

それはできるし、どこに行ってもまあまあ気が合う人とは出会える。ただ、すごく自分らしく、自分が言いたいことを喋れる人と出会うことは本当に限られています。数人、しかもコンスタントにはいなくて、10年にひとりくらい、ある期間、とか。

今は、いません。心からの友達というか魂の友達というか、気を遣わず本当に自分が話したいことを言える人は。

人って、その人が経験したことによって価値観が決まってきます。そして、その価値観に基づいて話をする。

そうすると、相手が経験していないことの話はあまりできません。私の経験は、わりとさまざまな、多岐にわたった経験なので、私と同じような経験をしてきた人でないと話せない、価値観みたいなものがあるんです。

昔はまだ、それほどまでに振れ幅が大きくなかったので、例えばものづくりをしている人、結婚している人、働いている人、その分野分野でわりと喋れましたが、ここまで生きてくると、同じ経験をした人がどんどん少なくなって、どんどん言えなくなってしまいました。

相手がわからないことは言えないから。というか、「うん」って共感できないことを言っても仕方ないから。相手と自分が楽しい話しかしたくないので、そうすると、おのずと。

私が話したいことって、ものすごく枠がないことなんです、抽象的な。

私が人を見た時に、その人がどういうふうに見えるかというと、人の形に見えないんです。その人の体の輪郭ではなく、その人の心の中の世界がいろいろな方向にのびていっているように見えるので、そういう見方に基づいた話し方をすると、相手が全くついてこられない。その人が自分の枠にぶつかってしまう。

個人という枠を外れている人が好きなんです。個人の中にとどまっていない、そういう感覚を持っている人。そういう人と話すと、すごく自由に、私自身も自分から抜け出して、世間的な私ではない私になって話ができるので、ワクワクして現実を飛び越えられる。

本当に楽しいんです、枠がない人と話すと。その枠があるかどうかって、最初にすぐわかる人とだんだんわかってくる人がいます。

最初の三言である程度わかりますし、10分話せば大体わかります。その人の枠の位置が。ぶつかった時に、ああここか、って。

最初に「ここに枠がある！」とわかってしまうと、もうそれ以上突っ込めないし、入り込めないし、変なことも言えない。だから、私が何を言っても「えっ？」って言わない人、という言い方もできるかな。

大体わかるでしょうか。

お金と世の中の変化

そもそもお金とは何かっていうと、もともとお金がない頃は物々交換だったんですよね。物と物を交換したり、手伝ってもらったお礼に何かあげるとか。でも、そうすると限界がある。例えば、目の前のことしかできない。遠く離れていたり時間が経ったものに対しても交換できるように、お金というのが生まれました。なので、お金みたいなものはなくならないと思いますが、お金の形は変わっていくだろうなという気はします。お金が悪いわけではなくて、何かうまい仕組みができたらいいですよね。

世の中って常に変化しているので完成みたいなのってなくて、必ずどこかで何かが起こりつつ、こっちで花火が上がり、こっちで何かが壊れ、こっちで花が咲き、こっちで戦争があって、のような、とにかく同時にいろいろなことが起こりながら、世の中が動いている。動きながらみんな何かをやっている。何かが生まれては消えていく。だから、何かがどこかに収まって、全部が落ち着くようなことはないのだと思います。

スポーツ選手が怪我をした時に、試合をしながら怪我を治すというのを聞いて、なるほどそういうことかと。あちらこちらで問題を抱えて大変なことが起こりながらも、世の中は進んでいくというか。

私はあまり楽観も悲観もしていません。これからどう変化していくのかを見るのが楽しみです。

モヤモヤした気分の時

私も時々気持ちが沈んだりすることはありますが、そういう時は気分転換はあまりしません。してもできないし。そのまま放っておいて、気分が沈んだまま過ごすことが多いです。そのうちに忘れてしまうというか、普通になっています。

星の仲間に向かって

私は新年が好きです。お正月がというよりも、また新たな年が一から始まるというのが嬉しいという理由からです。

私は時々、どこか遠くに故郷の星のようなものがあって、そこに自分の親戚というか仲間みたいな人たちが住んでいて、そこからいろんなところにみんなが修行に飛んでいって、またそこに帰る、というようなイメージを持つことがあります。

今、東の方を向いているのですが、この東の空の向こうの遠くにその星があって、その星の仲間に向かって、新年の挨拶をしているような気持ちで話しています。

そこにいるのは気の合う仲間ばかりなので、とても嬉しくて心が落ち着いて、心配事のない穏やかな日々を過ごせる……ような星なんです。景色も自分の好きな景色で。

仲間のいる星のことを想うと、この地球で、毎日、いろいろなことを思いながら過ごすことも乗り越えやすくなるというか、そんなに苦しくもない、という気がしてきます。

8 何事もプラスマイナスゼロだと思う

過去の本の中で、何事もプラスマイナスゼロだと思うということを何度も書いてきました。いろいろなものを見ていると、わりといつもそういうふうに感じてしまうんです。あるいは、私はそういうふうな角度で物事を見ている、ということなのかもしれません。

一見、メリットのように見えても、それに伴うデメリットというのも必ず存在します。人が羨ましがるような人っていますよね、綺麗だとかお金持ちとか何かに成功しているとか。そういうことって大概それに伴うマイナス面というのが存在していて、よくコインの裏表って言いますが、そのプラス面とマイナス面の面積は同じだと思います。ひとつひとつ、じっくりと見ていくと、よりそれはわかる。ぼわーっと表面的に見ると素晴らしいところばかりが目立つけど、よく細分化してみると、やっぱりそんなに羨ましくもないなあと思うようになると思います。

出る杭《くい》は打たれる……、目立ったりすると、悪い噂を立てられる、悪く言われる。その特有さというのは、日本人の民族構成にもよるのか、大体同じような人ばかりが住んでいるからなのでしょうか。みんなが家族みたいに、同じような似たような背景というか、とんでもなく全くあの人のことはわからないみたいな人が住んでいないので、大体周りの人のことを知っているから、だからこそ嫉妬したり羨ましがったりするのかもしれません。だって全く違うわけのわからない人に対しての嫉妬ってあり得ないから。

たまたま、私は日本に生まれたわけだから、ここではここで、ここなりの暮らしをしていけばいいかなという感じで物事を捉えています。

「変えられるものと変えられないもの、その違いを区別できる知恵を下さい」っていう祈りの言葉があるけど、変えられるものと変えられないものをその都度、自分で判断してやっていけば、わりとすっきりと毎日を過ごしていけるんじゃないかなと思います。

ちょうどいい距離感で付き合う

うまく伝わるかどうかわかりませんが、人間関係でこういうことないですか？

友達というか知人というか、すごく気が合うというわけではなく、嫌いなわけではないんだけど大好きというわけでもなく……。身近で、時々会う関係なので、仲良くしていたとして。

でも、その人とは性格が違うのでその人が何か言ってきた時に、それに反応できないことがあるんです。つまり、私が全く興味ないことを話しかけてくるとか、何かの意見を求めるような。それに興味ないし、それに返事することすら考え込まなきゃいけない。そういうことが、ちょくちょくあるので、そのたびに深く考え込むというか、なんて反応しようか……と。

でもその人は明るくやってくるので、最終的に、もう一々反応してもしょうがないなと思って、だんだんそのたぐいのことをスルーするようになるんです。しょうがなく。黙っていたり、もごもごしたり、難しい顔をするとか。相手もそれで別に平気だし。

でも、私は自分がはっきり返事をしなかったり難しい顔をしたり、その話はあまり興味ないというのを、自分の静けさのような雰囲気で、そういう性格なんです、と表している自分は好きじゃありません。でも、継続的にいつも会っている関係だから、だんだんそうなってしまって。

その人といるとだんだん自分が無口になるとか、ある瞬間ちょっと自分の好きじゃない性格になってしまうことってありますよね。この人の前ではすごく明るくできるんだけれど、この人の前だとちょっと頑《かたく》なになってしまうとか。

相手に合わせるには、自分の中のある部分を殺さなくてはいけない、頑なになってしまう、笑えなくなって表情が固まってしまう。本当は私って暗くないのに、それをやり過ごすにはわざと暗いような人にならなきゃいけない。

会っていて気が重くなるとしたら、やっぱりよくない関係なんです。

そういう違和感って、最初に、あれ？　何となく居心地悪いなあ……と感じ始める瞬間があって、半年とか1年ぐらいすると、よりはっきりしてくるんです。

そうすると、ああ〜、これはちょっとなあ、離れるかもなあと。別に喧嘩するわけじゃなくて、距離を、ちょっとだけ離す。相手が気を悪くしない程度に離れたらいいんだろうなと。そのへんをちゃんと工夫して。ちょうどいい距離感で付き合っていけたらいいんだと思います。少し離れたらその人を好きになれる、そういう距離があるはずなんです。

人って成長するにつれて変化していくでしょう?

その流れの中で、今、こうなってしまった。その人の話を嬉しく聞けないような自分になってしまった。自然とそうなってしまった。

それが、私が最近気づいた自分の中の変化でした。今まで気にならなかったのに、いつからかその人に違和感を覚えるようになってしまった、というね。

まあ、ちょうどいい関係で、人と付き合っていくのって大事なことなので、それを微調整しようかなと思っています。

自分が心地よくいられる空間を守るために

庭仕事をしながら、いつもいろいろなことを考えています。

今日考えたことは、イベントとか集まりとかスクールとかツアーとか……、人と一緒に何かをやる、ということについてです。

研究期間が終わったという話をしました。

２０１８年の春までは、イベントや習い事のクラスに行ったり、ツアーに参加したり、いろいろしていました。その時、興味があってすごくやってみたいと思うと同時に、ちょっと面倒くさいという気持ちもいつもありました。

集団で何かをするのがすごく苦手です。

まず、ある時間にある場所に集合する、ということを考えただけで、いろいろなことを想像してしまいます。そこに10分くらい前に集まって、始まるまでの間にちょっと緊張して心が苦しいなとか、そういうことがリアルに感じられてしまうので、それを考えただけで嫌になったり。

お昼の時間があったとしたら、ご飯食べながら気まずかったらちょっと嫌だなとか、どこかに移動するとなると移動する時にまた気が沈むかなとか。

とにかく私は本当にいろいろなことを短時間の間に想像して、それをとてもリアルに感じてしまうほうなので。

何かのイベントに参加する時も、いろいろ考えると、すごく疲れて苦しくなってしまいます。でも、それ以上に興味があったり体験したいと思うからこそ、今までいろいろなところに行きました。それに伴う苦手なところもあるけど、それは仕方ないなと思って。

もうすぐ、実はちょっと興味のあるイベントがあるんですが、行くかどうかすごく迷っていました。ある日はそれに参加しようと思ったり、ある日はやっぱりやめようと思ったり、もう何度も心が揺れて。でも、もし行ったとしたら、またああいう気持ちになるなという、ちょっと悪い予感も少しして。

何か思いがけないいいことが起こるかもしれないとか、素晴らしい人に出会うかもしれないとか、そういうふうな気持ちもちょっとありました。でも、結局そういうことはないんです、やっぱり。なので、今回は行くのをやめました。

今まで行った旅行のツアーでも、綺麗な景色やめずらしい場所を見たりするのは、実はそんなに楽しくありませんでした。知らない人たちと一緒に見ても。

やっぱり、誰と行くか、ご飯を食べるのでも誰と食べるか、そのほうが重要なんですね。人が。景色よりも。

それがだんだんはっきりしてきました。

自分が何を好きなのか。どういう空間を求めているのか。

自分が心地よくいられる空間というのをできるだけ作るために、できるだけ守るために、生きている、ということがわかったんです。

ちょっとこれは難しいかなとか、危険かもしれないと思う場所や人や物事からは、慎重に遠ざかろう。よく考えて実行しようと、今は思っています。

宮崎の家ではひとりでいられるので、ひとりの時間を過ごせば過ごすほど忘れていた自分自身を思い出していきます。

貝の殻が、周りに危険なものがない時だけそっと開いて、ちょっとでも敵というか、何か近づいてきたと思ったらピタッと閉じるように、私も大体そんなふうにしているので。その貝の殻を、そっと開くことができるのって、本当に大丈夫っていう時じゃないとダメ。周りに人がいたり、新しい情報が入ってきたりすると、なかなかできません。

ひとりの時間がある程度長く続かないとそういう状態になれないので、今後は、より深く自分の考えの中に沈んでいけると思います。

その時に自分の心の底から浮かび上がってくるものを見たり、いろいろ考えたりすると思うのでそれがとても楽しみです。そういうふうになれるように、本当に長い時間、何年もかけて、ちょっとずつちょっとずつ周りの環境を整理して、静かに遠ざけてきたっていうのが現状です。

孤独感はいつか底を打つ

さっき、夜になってちょっと用事で、車に乗って出かけてきたのですが、帰ってくる途中に、孤独感というか寂しさのような、すごくしんみりしたものを感じました。

本当になんともいえない「ひとり」という感じの孤独感っていうものに時々襲われることがあって。そういう時は、私はその孤独をものすごくしっかりと受け止めるようにしています。その時に、それをそのまま心の奥まで抱き込むというか、しーんと浸透させるというか。本当に孤独な感じなので。もうただそのままでいる、その気持ちを心底、感じる。

この状況は、私が選んだからだなと思います。いろいろと、他のこういう状況ではない立場の人のことを考えたり、違うふうであったかもしれない自分というものを想像したとしても、私があの時にそれを選ばなくて、そうではない今みたいなのを選んだから、今私はこうなんだなあ、と。

例えば結婚して旦那さんと一緒に旅行に行ったりしている人とか、なんだかんだ喧嘩しながらもいつも誰かと賑やかに一緒にいる人とか、そういう人を見た時に、私は強くあこがれると同時に、やっぱりそれはあまりにも自分からは遠い。

自分はそれを選ばなかった。その中の何かを嫌だと思ったから、ある時にそこから離れたんです。

だから、ひとりでいるっていうことを選んだんです。こうやって時々すごい孤独感に襲われるのは、もう仕方ないなと思っています。そして、このままこの孤独感というのを感じ続けていくと、いつか底が抜けるというのか、底を打つような気がしています。

孤独の種類が変わる。

気を紛らわせずにこれと共にいると、寂しい孤独というものではなくなる。豊かな孤独。なんていうのか、あきらめとか何かそういうようなものを通り越すと、穏やかで広い境地に達するような気がします。時々は我慢して、このままやっていくと、違う境地に達するのではないかと思っています。

自分を満たしてくれるもの

以前よく読んでいたエックハルト・トールという作家がいて、その人が実際に会場でいろいろな人の質問に答える、という動画を見たことがあります。

「あなたが言っているような考え方を身につけると、もう矛盾や葛藤を感じなくなれるんですか？　スピリチュアル的に悟ったような人でも、変わらず悩み苦しんでいるように見えますが、悟っても、悩みはなくならないのでしょうか？」というようなことをひとりの女性の方が聞いたんです。

エックハルト・トールは、「悟るような感じの境地に行ってしまうと、何かに完全に満たされるということはもうありません。自分を完全に満足させてくれるような物や人や事っていうのはどこにもないんです」と、はっきり言っていました。

つまり、完璧に自分を幸福にしてくれるようなもの、環境とか状況とかが……外にあるわけではないと。私はその言葉を聞いて、すーっと、いい気持ちになりました。

わざわざ探すのではなく、たまたま出会う

私が、今後もこの人の動画を見たいなと、ついついチャンネル登録してしまうのは、自分を誇示しないというか、淡々としていて変な欲がないような、見た後に落ち着く人。静かで淡々としていて、でも暗くないのが好きです。まじめで真剣、でもまじめすぎなくて、どこかすーっと風通しがよくて、重くない。口で説明するのは難しいんですが、そういう人を発見するのが好きです。

　それほど人々に知られていないけど私にとってはすごく面白いっていう人を見つけるのが醍醐味で。でも、見つけるのにあまり時間をかけるのは嫌なので、

ちょっとした時間にたまたま発見して……っていう、そういう偶然の出会いがいいです。

動画に限らず、普段のいろいろな品物でも食べ物でも本でも人でも。なんでもわざわざ探すのではなく、普段の自分の生活の中でたまたま出会う、自然に目に入るっていう、そういう出会いがいいと思います。

大変だ、と言わないと納得してくれない人に対して

例えば草むしりをしていると「草むしり大変ですね」って言われて、私はちょっと楽しいなと思っているから、「えっ、そんなことないですよ。楽しいですよ」って言うと怪《け》訝《げん》な顔をされて、「そうなんです。大変です」って言わないと許してくれない人たちや、「子育て大変ですね」って言われて、「そうなん

です、大変なんですよ」って言うと、安心してうなずくみたいな人たちっています。

そういう時にどうするか。

こういうのって、「今日はいい天気ですね」のように、挨拶に近い感じで使っている人が多いんです。なので、その場限りとか、たまに会うけどそんなに親しくない人に対しては、面倒くさいので、「はい」って言って、私はもう最低限のエネルギーで、その時間をやり過ごすようにしています。

でもたまに、ちょっと好きだと感じたり、興味があったり親しくなりたいなと思ったりする人に対しては、自分の個性を出そうかなと思う時があります。自分の個性を出して、自分というものを知ってほしいって思うぐらい、その人に魅力を感じている場合は、ゆっくりと自分を出します。

魅力的だなと思う人は、最初から「大変ですね」なんて言わないはずです。でもそういう人でも無意識に「大変ですね」って言ってしまうことがある。そういう時、私の角度でその人に言葉を返すことによって、その人自身が、はっと気づいたりすることがあります。つまり、その人が、本当に言いたいことを言っていなかったっていうことに気づくことがある。私が普通の返事をしないことによってその人が新しい扉を開けるような。だから相手によって私は、接し方を変えます。

ただの挨拶として、とにかくエネルギーを使わずに、その場をやり過ごしたいと思う人に対しては、できるだけ波風立てないように普通に「はい、そうですね」と接するけど、自分を出して近づきたいと思う人に対しては、自分の個性をちょっと出す、そしてその後どうするかは、その時の反応によって判断する。もし反応が違った場合は、あっ、この人違うなと思って、また普通に戻るし。その人の反応が嬉しいものであったら、その人と近づくことができるようになる、という感じですね。

孤独は去っていく

孤独については、年代によって印象が変わってきました。

ひとり暮らしをしていた20代の時の孤独というのは、真っ暗な宇宙の中にひとりでポーンと浮かんでいるような、すごく静かで透明感のある孤独を感じていたような気がします。それは、その頃書いていた私の詩の世界と通じるんですが、未来のある孤独というか、自分の人生がこれからどんなふうになるかわからないというのもあるし、嬉しいようなワクワクするような怖いような孤独でした。

そして、その後30代~40代は、結婚して子供がいて物理的に忙しかったということもあって、忙しいとあまり考える時間がないというか、バタバタしていて、今振り返るとあまり覚えていないんです。その時々のことに追われていたような気がします。

そして今、もう子育ても終わりそうな時期になり、自分のことを考え始めている今の孤独感っていうのは……。たまに襲われて、ぐーっと来て、去っていくという孤独感。岩の上に立っていてその足元が崩れるような、落ちていくようなのを、家にひとりでいる時などに感じていました。

孤独感って、その時の自分の状況にすごく依《よ》っているというか、今自分がどういう状況にいるかによってすごく違うのかなと思います。

なにしろ、すごく孤独を感じても、去っていってしまうと忘れてしまうんです、そのことを。

去年感じた時は、寂しくてやるせない感じでした。真っ暗な、しーんとして温かみも楽しみもないようなものを感じていました。時間にしたら数分とか数十分くらいだったかもしれません。でも、そういうのって通り雨とかちょっとしたつむじ風みたいなものに似てるかなと思います。意外と、じっと我慢して通り過ぎるのを待つと、去っていってしまったりするので。

今は、通り雨の雲が去っていくのを待つような気持ちでやり過ごしています。

波が来るのは、しょうがないなと思いますけど。そういうのもまた生きている証というか、生きているからこそ感じる感情なのかなと思います。

子育てはできるだけ苦しくなく

私の場合は、子育ても仕事も人間関係も全部共通しているんですが、基本的に楽しく淡々と物事に対処したいと思ってやっています。

自分が何かをやる時に、どういうふうにそれをやりたいかという好みは、人によって違いますよね。私はできるだけ波風立てずにというか、できるだけあまり苦しくなくやりたいと思っていて、感情的にならず……のようなのが好きです。なので、そういうふうにしようと意識して落ち着いているところもあるかなと思います。

大変なこともいろいろありました。もうどうしようもなくイライラしたり。

そういう時はできる範囲で自分が楽しめるようにとか、できるだけ自分のほうに持ってくるというか、そういう工夫をしていたような気がします。

今でもそうです。なんでも、できるだけそうしたいなと思ってそうしている気がします。

個人的幸福について

日常生活の中で、家族や子供のことだったり、いろいろ辛い状況にある場合には、それに対してとにかく向かっていく、対処してよりよくしていく、っていうことにまず集中します。目の前にやらなければいけないことや気になることがあったら、それが一番大事だし、それで頭がいっぱいになって、そのために日々いろいろと考えて奮闘していく、というのは誰でもそうだと思います。

そういう時でも個人的幸福を得ることは可能か、ということについて考えてみたいと思います。

幸福とは何かっていうのって、日常生活の中で一生懸命やっているその渦中では考えたりしません。そういうものが目の前にない時にふと考えるようなことだと思います、幸福とは何かとか、幸福の概念みたいなものって。だから全然違うレベルという感じがします。

毎日毎日いろいろなことがあって、いろいろな人と関わりながら、喜んだり悲しんだりしながら生きていくのが日常のレベルだとすると、幸福であるかどうかというのは、ちょっと客観的に遠くから見た時に感じるようなことです。何かをしている時ではなくて、ふっと自分から離れて自分を見た時とか。

なので、辛い時でも幸福であることは可能だと思いますが、それは同時には感じられないことです。

辛い状況と幸福だと思う感覚は違うレベルにあるので、同時に一緒には感じられない。違うところにあります。それを思う時の自分の心の存在する場所が違うという気がします。

心って、目の前のものを見ている時はそれに集中しているけど、もっと広がっている時がありますよね。ふわっと。幸福を感じる時というのは、そういう時なのかなと思います。基本的には幸福だと思うけど今は辛い、ってありますよね。

自分の子供や家族が辛い状況にある場合でも個人的幸福は可能だと思いますが、それらは同じ意識レベルにないので同時には感じ得ない、そう思います。

更年期とは捉えない

私は、更年期に関しては、はっきりとこれっていう、すごく大きいのはありませんでした。でも、何か不調があっても、それが更年期のせいなのか、それとも更年期ではなく普通に人としてなのかっていうのがちょっとわかりづらいところもあります、心理的なことも含めて。

ただ、更年期障害だなって思ったのはいくつかあって。よく、急に熱くなったり汗が出たり動悸《どうき》がするとか、めまいがするとか言いますが、私はそのカーッと熱くなるっていうのを感じたことがありました。冬なのに体の中から熱くなる。カーッと来て、数秒。その時は、あ、これだなって思いました。でもすごく苦しかったり嫌だなっていうほどではなくて、あーこれか、面白いな、と思ってじっくり感じ取っていました。そういうのが何回かありました。これこれ、来た来た、って。

あと、めまいに関しては、ちょっとだけふらっとしたりすることは今もたまにありますが、更年期のせいかどうかわからないめまいって感じです。

それと、私は、50歳ぐらいから10年くらい気が沈んでいたんです。仕事のモチベーションも下がって。その頃にあった嫌な出来事のせいか仕事の悩みかなと思っていますが、それもどちらかわかりません。

私は、更年期とか更年期障害っていう言葉が好きじゃないので自分からは使ったことがありません。老後とかシングルマザーっていう言葉も自分では使いません。人から聞かれたら「はい」とは言いますけど。私はシングルマザーだと思っていないんです。結婚して離婚した、と思っています。だから、更年期ということもあまり意識してないです。たとえ更年期障害だったとしても、そういうふうに捉えてなかった気がします。だから、これから歳を取って老人になったとしても、どんなことも自分の好きな捉え方で捉えるでしょう。多分自分の好きな呼び方で呼ぶでしょう。

何事にも動じない人について

読者の方から、「私の究極の目標は、何事にも動じない人になることです。銀色さんは、すでにそうなられていてすごいなと思います」というコメントをいただきました。

なっているかどうかはわからないけど、私も昔から動じない人になりたいと思っていて、少しずつこうなってきました。でも、動じないというか、今のようになることに対しては実はすごく抵抗していました。

というのも、そうなると、楽しいことがあまりなくなるんです、必然的に。心があまり、わーっと楽しく動かなくなってしまうというか、夢中になれなくなる。早くそうなってしまうと人生を楽しめないな……と思ったので、実は、意識的にこうならないようにしてきたところもあります。

20代から40代くらいの頃に憧れていた人物、本の中でも偉人でも亡くなった人でも、いいなと憧れていたような人たちって、物事に動じなくて落ち着いていて冷静な人たちだったけど、もしそういうふうになったら、今私が楽しんでいるちょっとした遊びとか、ちょっとした暴飲暴食とか、ちょっとしたバカなことはもうできなくなるな、と思ったんです。両立できないんです。なので、結構長い間抵抗していました。

私は数年かけて、いろいろなものから離れました。人や物から。あと、本当に楽しいと思わないことはしない、と決めました。

それによって、あまり物事に動じなくなったり、影響を受けなくなったり、気にしなくなりました。そしてやっぱり、バカなことはもうできなくなりました。まあ全くしないことはないけど。

やっぱり人生というのは、ちょっと人間っぽいところが面白い。人間っぽい可愛いところ、人間っぽい感情、怒ったり笑ったり泣いたり、焼きもち焼いたりみたいなところが面白いので。そういうところも、なくしはしないで、ほどほどのところで生きていきたいと思っています。

でも、昔よりはずっとそうではなくなりました。

だから、自分が楽しいと思うところあたりで止まって楽しめばいいんだと思います。止まってというか……、それでもちょっとずつ成長、進歩していくとは思うので。

まあ、もう少し後でもいいかも……というところはあります。私自身も今後どんなふうに成長していくかわからないですし。

自分のピークは最晩年だと昔から思っていました。人生のピークはできるだけ後ろ後ろに持っていきたい。死ぬ瞬間をピークにしたいです。

記憶の中の母の思い出

母親の影響はすごく大きいと思います。個性的で自由で面白くて変わった母親だったので、子供の頃はすごく迷惑をかけられたというか、肩身が狭かったというか。子供ながらに嫌だなと思うことがたくさんありました。それと同時に、すごく型にはまらない価値観を持っている人なので、それが良くも悪くも、私の人格を形成するのに大きな影響を与えたと思います。それが私の子育てにもつながっています。

母親に対する感情って、何とも言えない、いろいろな気持ちがあって。普段は面と向かって言わないし、伝えることもしないけど、心の中だけで密かに感じ続けている大事さとか愛情とか切なさとか……、そういうものが混ざった感情があります。

過去のことを思い出すと、その時に見たことは、母だけでなく子供に対してもそうですが、やはり今見えるのとは違って、全然違う人がいるみたいな気がします。

その時のことは、今、やり直せないんです。その時にその階段の段を踏めなかった場合、踏めなかったっていうことはやっぱり残っていくんです。

だからといって救いがないわけではなく、踏めなかったその階段の段、何段目かの段を補う方法はあると思います。

過去のあの時というのはあの時しかなくて、その時のことを思い出すと、家族・母親・父親に対する何か新鮮な切ない気持ちはいつもあります。過去の中のその時の世界、気持ちというのは永遠にあります。

子供に対してもそうですけど、人は何かに対する愛情とかそれに付随する微妙な感情というものを背負って生きていくんだろうなと思います。それが人生の味わいというか、ふわっとした情緒みたいなものかなとも思います。

人とのつながりについて

私は本の中にいろいろな人のことを書いてきました、その時々で。こんなに面白くて素敵だっていう人を見た時に、それを言葉で表現して伝えたいと思って書くんですが。

大体、その時その時、私が生活しているその場所で、同じように暮らす身近な仲間というか同志のような感じの人と知り合って、仲良くなって、そばにいる時間のあいだ一緒に過ごす。同じような共通の土壌があって、そこで一緒に戦う。頑張っている。なので、距離的に離れてしまうと、離れて何年かはたまに連絡を取ったり会ったりもするけど、同志として一緒に戦っていた関係とは違うものになってしまいます。そうすると、自然に疎遠になっていきます。

彼女たちも、今いる場所で、同じように魅力を持って戦って生きていっているだろうなと思います。だからわざわざ会うことはありません。もう、今の私の問題と彼女たちの問題に共通点がなくなってしまっているので、多分会っても、それほど面白くないんじゃないかな。それぞれの話を報告し合うだけで。偶然会ったらすごく嬉しいとは思いますが。

疎遠になるのはお互いが、そうなんです。どちらからっていうんじゃなくて。今しかないから。現実的なんです。私はそういう人が好きです。共に戦っていた同志的な。共に戦う時期が終われば、それぞれの次の場所に進んでいく。そこで同じように個性的に生きている。会わなくても想像できます。

記憶には変わらずありありとありますよ。今もリアルに残っています。思い出せば、力になります。もしかすると離れていても一緒にいるのかもしれません。力としてそばに。

感受性が強すぎることの利点

感受性が強すぎると大変なことがいろいろありますが、利点というのもあると思います。

例えば私だったら、ひとりでいろいろなことを想像したり空想したりして、すごくいい気持ちになれていました。子供の頃から。嫌なことがあっても、想像の世界に飛び込んだら暗い気分がパーッと消えてしまう。それはちょっとプラスかなと思います。

あと、それとは関係ないかもしれないけど、人を見ると、その人のことがなんとなく把握できたり、自分とその人がどういうふうな関係になるかわかります。

例えば誰かを好きになったとしても、この人のことは好きだけど付き合ったりはしないなとか、付き合ってもうまくいかないなとか、付き合ってもこういう感じだなとか。全部わかってしまうんです。最初から。たまによくわからない人がいるんだけど、それはその人自身が混乱しているような人の場合です。

基本的にはわりと人とのことがわかるので、危険を予防できるというか、危険なことにならないです。今振り返るとなんですが。

「神仏に関する感じ方」「言霊」について

私は神社に行ったら、祈らないこともあるけど、もし祈る場合は、お礼みたいな感じのことをちょちょっと言います。「どうも、いつもすみません〜、ありがとうございます〜」みたいな。

神社がすごく好きっていう人がいますが、そういう人と比べると、それほど好きではないと思います。知識がないというか、興味がないというか、よくわからないので、慎重に遠巻きに見ているという感じです。

でも今までいろいろなところに行きました。出雲大社はすごく気持ちがよかった思い出があります。それはその旅が楽しかったからということかもしれないのですが。

伊勢神宮に2年くらい前に初めて行って、こういうところなんだってわかったことは面白かったです。どこかに旅行に行った時に、そこの有名な神社に行ったり、実家の近くの神社に行ったりもするけど。基本的にあまり信心深いほうではないので、失礼がないように小さくなっている感じです。

暗いじめじめしたところが苦手なんです。神社って、ちょっとじめじめしているところが多いですよね。すごく大きな樹がたくさんあるから。単純にそういう意味で、あまり好きではないというのもあります。

でも、夏は涼しいし、参道の静謐《せいひつ》な感じはすごくいいなと思います。大きな樹が並んでいて厳かで。

宮崎の高千《たかち》穂峡《ほきょう》に行った時にさまざまな神社に行きましたが、その時、すごく好きな神社がいっぱいあったことを思い出しました。境内に自由奔放に樹の生えている神社、小さな滝そのものがご神体の神社。ざわざわ風が吹いている神社。

嫌いではないのかも。好きってほどじゃないけどそれぞれに好きだなって思う部分がちょっとはあります。

もっと広い目で見た場合の感じ方を言うと、私は、形ある神様のようなものは人が頭で作ったものという気がして、人間っぽいイメージがあるのであまりピンときません。

私が思う世界の神様的なものというのは、そういう神様ではなくて、この宇宙の秩序とか自然のことわりというか、節理のようなもの、そういうものが一番広いところにある気がします。だから、その下、もっと地球近く、人間っぽいところに近づいてきたところに、人が作ったさまざまな神様みたいなものがいるような。いるというか、その人たちの心の中にあるような気がします。

あと、言霊について。

言葉に何かパワーがあるみたいなことですよね。これは多分、私は無意識に昔から慎重にやっているような気がします。やっぱり嫌な言葉というか悪い言葉を使うこと自体が嫌ですね。自分の口から悪い言葉、マイナスのイメージの言葉が出た瞬間に、自分自身の心が汚くなるような気がするので。もしそういう感情を口に出したくなったら、できるだけやわらかめの言葉、婉曲《えんきょく》的な表現にする工夫をします。

言葉はやっぱりすごく重要で、口に出してしまったばかりにその言葉が思った以上に自分を傷つける、自分を貶《おとし》めることになるような場合もあります。

言葉には興味がありますが、言葉には限界があります。

言葉ではなかなか思いが伝わらないでしょう?

人は言葉に翻弄されて生きています。だからあまり言葉そのものにこだわることなく、その人がその時にその言葉を使った意味そのものを重要視するべきだと思います。真意ですね。真意を汲むことが大事です。

それは優しさにつながっています。

自然災害や病気に対する恐怖や不安について

私は根本的に、恐怖心というものがないようにしました。

死に対する恐怖というものをなくしたくて、40歳をちょっと過ぎたくらいの時に、ものすごくいろいろ考えたり、調べたりして、自分がどうしたら死というものを怖がらなくて済むかという自分なりの納得の仕方を考えて、とりあえず怖くなくなりました。どういう説得をすれば怖くなくなるかというのは、多分人それぞれの恐怖心というものの捉え方によって違うと思いますが、私は私なりに自分を納得させる考え方、これだってというものを見つけたのでそれにしました。

それで、自然災害や病気というのは、人間が一番深く恐怖を感じる死のひとつ手前にあるものなので、もう怖いとは思わなくなっています。なので、もう大丈夫なんです。その時に徹底的に自分で自分を納得させてしまったので。ちょろちょろしたのはありますけどね、普段、日常的には。でもそれは、私が根本的に思っているものとは違うという感じ。お風呂にゴミが浮かんでいるみたいな。だから、目の前に表面的に現れてくるものに対して、ちょっと右往左往することはあるとは思いますが、しばらく立ち止まって心を静かにさせておくことができれば、本来のものを思い出して、落ち着くことはできるという感じです。

だから、何を見てもあまり驚かないというか、ちょっと他人事のような感じで見てしまうんです。

この大事件みたいなの（新型コロナウイルス）が起こっても、そこまで感情が波立たないというか、そういう考え方に私はもうなってしまっているので。世の中の構造みたいなものを大きく変えるきっかけになるところもあるんじゃやないかなと思ったり。遠く引いて見ると。でも、もし自分がコロナにかかったら、それはそれで一生懸命治そうとすると思います。自分とか家族がかかったらその時は真剣に対処すると思います。

基本的にはなるようになるというか、どういうふうになるのか見てみたいな、という姿勢でいます。

私は本の中にもよく書いていますけど、小学校の時のクラスで見ていた世界と、そのまま大きくなって見た世の中が同じように見えてしまうんです。

乱暴な子や優しい子や意地悪な子や頭のいい子や……、いろいろな子供たちがいて、その中でいろいろな出来事が起こって。そうか、人ってこんな感じなんだなあと思いながら、矛盾を感じたり感動したり愛情を感じたりしながら、なんとなくみんな生きていって、成長していって、そして死んでいくという……。私は、そういう営み自体が面白いなと思ってしまうんです。

事件や事故や不幸ですら、そのことの中に、苦しみの中にちょっと感じる、何かその中でいいことが起こった時に感じる安心感というか幸福感というか、不幸を乗り越えた後の深い満足感みたいなものもあるし。

一瞬苦しい時もあるけど、時間が経つと変わっていって、あれっ？　って、なんか今、さっきまで感じていた苦しみが今一瞬、なくなってるって思った時の喜びもありますよね。小さいことでも大きいことでも、感じることは一緒というか、そういうふうに思って物事を見ています。

なので基本的には不安というものはありません。これが人間だなとか、これが生きるということか、という感じで見ています。

感情の動きについて

「いろんなことに動じない」という話に対して、「作品作りには影響しないのでしょうか」という質問がありました。

確かに、そう思われるかもしれないと思いました。私が動じないと言ったのは、正確な言い方ではなかったかもしれません。

言いたかったのは、自分が望まないものには動じない、というようなことです。今まで動じていたものに動じない。動じる自分の感情や影響を受けるものがだんだん変化していくんですよね。

私の今まで作ってきた本を思い浮かべるとわかると思うんですが、若い頃は、やっぱり恋愛感情とか、人間関係の中で感じた矛盾や悲しみや苦しみ、そういう柔らかいところにぐっときたこと、傷ついたこととか、そういう詩をたくさん書いています。

20代くらいの時は、言いたいことがあったので、恋愛でも、人間関係のことでも、たくさん出てきました。それは私自身がそういう時期だったからです。若い時って、恋愛もするし、いろいろな矛盾に苦しんだりもするので。でもだんだん大人になって、私が20代の時に傷ついていたことに傷つかなくなったり、20代の頃に感じていた恋愛感情にはもう興味がなくなったり。例えば、かっこいい人にひとめ惚れするとか、そういうのはあまりなくなってしまうので。私の心を動かすものが変化します。それに伴って、書くものも変わっていきました。

30代40代……、『つれづれノート』を書き始めてからは、家族のこととか日常生活のあれこれを表現するのがすごく楽しかったし。だから恋愛の詩はもうあまり書かなくなりました。それは、私に恋愛感情があまりなくなってしまったからなんでしょうね。恋愛感情を書くとしても、実際に私が直接感じた感情というよりも、もっと広く大きい抽象的な恋愛感情みたいなものに移行してしまっているんです。

やっぱり大人になってくるにつれて、私の心が動いて、表現しようとする対象が変化して、大きいものになってしまったのでしょう。

詩というのは、どうしようもなく心からこぼれ落ちてしまう感情をとっさに手のひらで受けるようなものだから、そういうのがあまりなくなったので、あまり詩を書いていないというのは自然の流れかなと思います。

でも詩を書きたい気持ちは時々、湧いてきます。その内容は、自然のことだったり、しみじみと落ち着いた思いだったり、人生観や、もしかして恋愛のことだとしても、またちょっと違う深さの恋愛とか。

今後も詩を書くとは思いますが、量は少しでしょうね。もうたくさん書いたからなあと思っているので。

ちょっと前から、あまり仕事をしてもしなくてもいいというか、生きていることそのものが作品なので、本は別に作らなくてもいいかもと思うようになりました。

それもまた自然の流れかなと思います。何かを表現したくてたくさんの本を書いてきたけど、本でできることは、多分もうものすごく実現できたと思うんです。たくさん書けた、作ることができた、作らせてもらえた。

あとは、自分の毎日の生き方そのものが作品であるといった感じで生きていきたい。本も書くけど、生き方が作品と同じものなんだろうと思います。

3
1
5
8
9
4
2
10
7
6

全部の出会いはつながっている

「いろいろ体験されてこられた中で、この出会いはよかったと思い出に残っている方はいますか」と質問されましたが、これっていう人が浮かびませんでした。

　というか、私にはすごく難しい質問だと思いました。どうしてかなと思って考えたんですが、私は、人っていうのがひとりの人という形に見えない、ということを時々書いていますが、それと多分通じることだと思うんです。

　昔出会って、途中出会って、最近出会って……とか、たくさんの人といろいろなところで出会ってきますよね、人って誰かと。私から見ると、全部がひと続きというか、ひとつながりに思えるんです。別々に分かれていないというか。

　つまり、この人がいてこういう出来事があって、次にこの人と出会って、そしてこういうことがあって、この人と出会って……。そうすると、その人に出会うまでには、その前の出来事やその前に出会った人がいるわけで。それを思うと、ひとりのこの人って言えないという気持ちがあるんです。私から見たら、その人がひとりではなくて全部つながっているみたいな感じがします。

なので、あの人と出会ってよかったという感じで思うことはないです。全部の人や出来事がつながっている。ひとつひとつに焦点を絞ると、それが人に見えたりもする。それが一番近いかな、私の気持ちに。

怖いものを抱えながら生きている

「死は怖くない」と以前言いましたが、子供については違います。子供が小さい怪我をしただけで、もう胸がつぶれるほど心配します。子供の死が怖くないということはもちろんないです。

死が怖くないと言ったのがどういう意味かというと……。私は死というものがすごく怖かったので、こんなに怖がりたくないと思ったことがきっかけで、どうすれば死を怖くないと思えるかを自分の言葉で探したと、以前話しました。自分を説得する言葉を探したと。それで、結果的に、一般的に言う死というものは、怖くなくなりました。

子供の死というのは現実的だし、もちろん考えただけで嫌だし悲しいです。でも、あまりそういうことは普段は考えないです。ただ何かの時にふっと考えざるを得ない時があったりしますよね、いろいろ周りのものを見たりして。自分の死というものを考えるのと同じように、そのことにも目をつぶることはできないわけです。

いつも、そういうふうになった時の悲しみというものを抱えながら、生きている感じがします。つまり、怖くないのではなくて、怖いものを抱えながら生きている。なんて言ったらいいんだろう……。だからこそ、生きている今を大事にしているという気がします。怖いものを常に抱えているから、一瞬、一瞬、元気でいる時間を、すごく貴重だと思う。緊張感がすごくあります。

私は緊張感が好きで、緊張感がないものにあまり魅力を感じない。ぼーっとしていても、常に船の先端で風に強く吹かれているような緊張した気持ちでいます。

承認欲求について

以前、承認欲求が全くないという話をしました。そのことについて説明します。

まず、承認欲求が全くないと言ったのは、一般的に人々がよく言うタイプの承認欲求がない、ということです。私が思う承認欲求はあるんです。つまり、自分が認めてほしい人から認められたい、好きな人から好かれたい、というような個人的な気持ちはあると思います。

なので、たくさんの人に認められたいという承認欲求がないと言い換えてもいいかもしれません。

昔は多分あったと思います。でも20代の頃、私が詩を書いて、その詩をすごく好きと言ってくれる人がたくさんいたことによって、もう完全に私の承認欲求が満たされたんです。つまり、なかなか珍しいタイプの詩で、微妙な表現をしているし、文法的にも間違っているような間違っていないようなちょっと不思議な文章というか、そういうような書き方をしている私の詩を好きって言ってくれる人がたくさんいたことで、その時に、満足というか、確信したんです。わかってくれる人がいる、と。

そのおかげで、もう何もいらない、もうそれ以外に認められたいものはないと思えました。多分、自分の表現したいものをわかってくれる人たちがいたということで、自分の中の欲求が昇華したんだと思います。

私が、この10年くらい、仕事するモチベーションがあまりなくなった理由のひとつは、その形で表現することは大体やり終えたと思ったからだと思います。

恋愛の詩とか、自分の心が傷つきやすい時でないと書けないものがあって、その時期にしかその人たちに響かないというのがあるんです。傷つきやすい時期に、傷つきやすい人たちにしか響かないものが。

今は、YouTubeや、こうやって思っていることを喋る試みをしていることが、私にとって新しいチャレンジになっています。仕事のモチベーションも出てきました。何かがこの先にあるような気がして、長いこと、本を書いていても足踏みしているようで、もうこのことはやったな、と虚無感のようなものを感じていましたが、今やっていることはちょっと先に希望があります。

8

人はそのままで素晴らしいけど、それだけじゃダメ

その人自身であること……、その人のその人らしさ。それは、他の人にはないものです。

その人自身であること、何もしようとしなくても充分にその人は、生まれつきその人そのものであり、そのままで価値がある。その重要さ、素晴らしさを伝えたいと思ってきました。

そのままでいい。

でもそれだけじゃダメ。

その重要さに気づき、それを意識しないといけない。意識する前にそのことに気づかないといけない。気づくためには自分を見つめ、自分を知らなければならない。自分を知るためには……と、どんどん続くのですが、そういうことを教えたい、みたいなところはありました。今もあります。

そのままの自分の重要さを理解することが大事なのです。

決断するということ

私は、仕事でも人との関係でも、自分で決められることに関しては、昔から迷うことはありません。

決断する時に迷うことってどういう時があったかなあ……と考えたら、こういう場合だなっていうのが浮かびました。それは、判断する材料が揃っていないのに決めなくてはいけない時です。

何かを決める時って、それを判断する材料を一応揃えますよね。でも、それがまだ揃っていない段階で決めなくてはいけない時、自分のペースじゃないペースで決断を急かされる時、期限が決まっていて、その時までに選ばなくてはいけないとか、そういう時は困りました。判断する基準である材料がまだ揃っていないってことがわかっているわけだから。

結局、賭けのようなものですよね。だからいつも五分五分でした。うまくいく時といかない時と。そういうのは仕方ない。

だから、できるだけ、この日までに何か決めなくてはいけないっていう状況にならないようにしています。追われるのでなく、先に提示する。

以前、新しいことにいろいろ挑戦していた時は、それができないことが多くて、すごく困りました。さまざまなものが絡んでいるとそうなってしまうんです、人や物が絡むと。気を遣って、誠実さが裏目に出たりすることもある。

それで私は、自分ひとりでできる仕事しかしたくないと思うようになりました。

自分の心が嬉しくなることが魂の仕事

私は、人が自分の好きなことをしていたり、好きなことの話をしているのを聞くのが大好きです。人が自分の好きなことを話すのを聞いていると、力が湧いてきます。エネルギーをもらえるんです。

人はそれぞれ、その人の生まれ持った魂の仕事みたいなのがあるような気がします。それは職業ということではなくて、何かある一定の心理状態だったり、人の話を聞くとか、よく笑うとか、そういうようなことも含め、です。

魂の仕事を自分で知る方法は、やっぱり自分がやっていて嬉しくなるってことです。自分の心が。自分の心が嬉しくなるようなことが、その人の魂の仕事だろうと思います。

世界には人々に影響を与える見えないものがあります。

見えない力が。

そして、ある人が嬉しいと周りの人も嬉しくなりますよね。本当にただ無心に、心がウキウキするような嬉しい状態というのは、周りの人にも影響を与えます。その気持ちに触れただけで心が解放される。心がほどける。そういうものがエネルギーとなって世の中を駆け巡っているような気がします。

私が、好きなことを話す人の話を聞いて力をもらうように、誰もが、さまざまな方法で同じように他の人に意図せず力を与えている、影響を及ぼし合っているのだと思います。

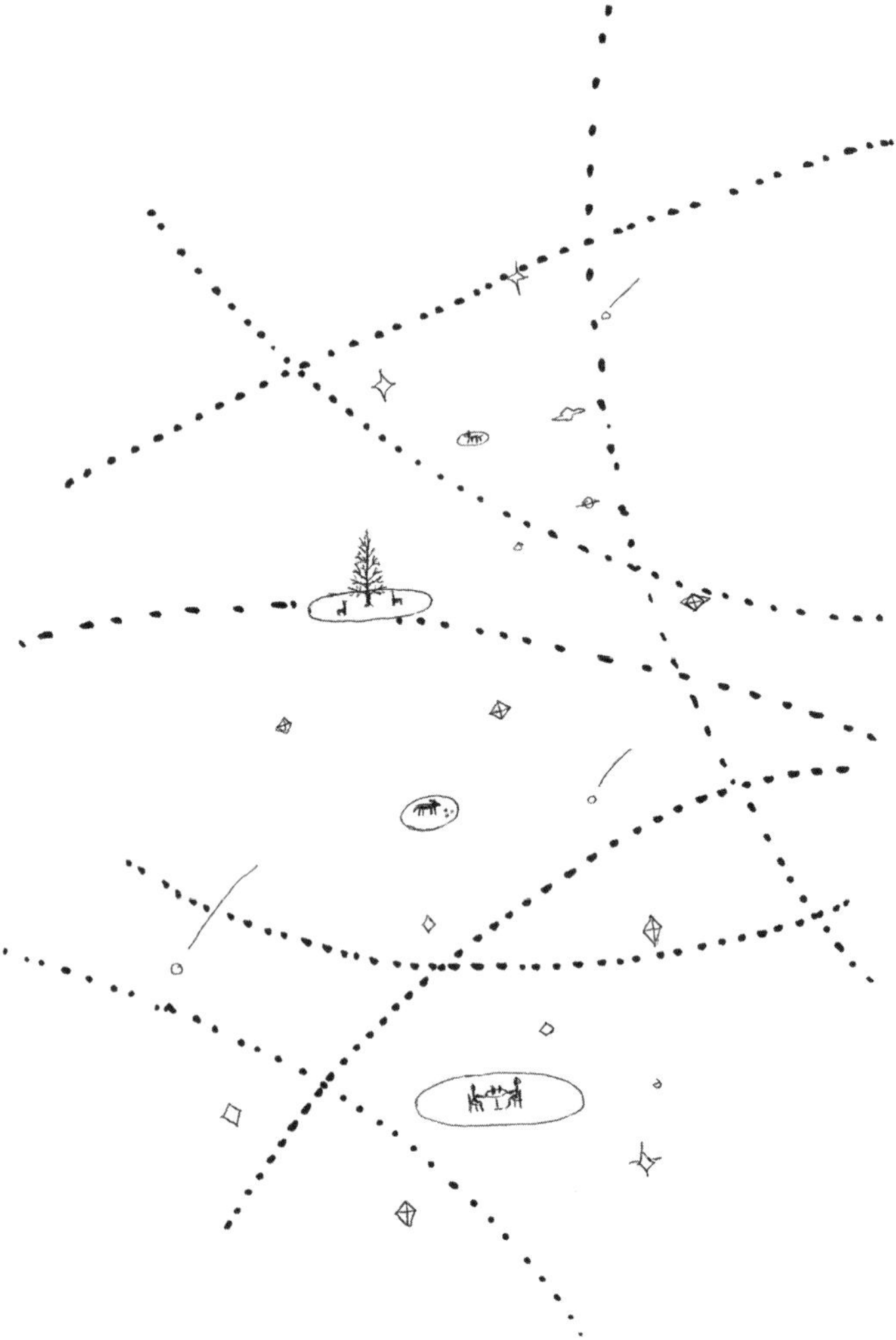

人を助ける方法のひとつとして、自分を磨く

自分の内面が磨かれるということは、自分と関係するすべての人にとってプラスになる、と私は思います。

自分を助けることは、人を助けることにもなるんです。自分が切磋《せっさ》琢磨《たくま》すると、自分が成長し、楽になる。それは同時に周りの人をも助けているのです。

だってそうでしょう？

目の前の人が嫌な人よりいい人のほうが気持ちがいいでしょう？

なので、人を助ける方法のひとつとして、自分を磨くという方法もあるのです。まわりまわって目的を達する。そういう道もこの世には存在します。

我慢が得意と思ってはいけない

自己犠牲について。

自分は我慢がきくから、我慢が得意だから我慢すればいいとか、我慢できることが自分の強みだと思ったりするのはいけないと、ある星占いの先生がおっしゃっていました。周りの人の気持ちを汲むこともほどほどにしてくださいって。周りの人の状況に流されて周りの人の犠牲になるように生きていくと、あなた自身の生き方ができなくなりますよって。

私にも、我慢できるから我慢しよう、そうすると波風が立たない、トラブルも起きず丸く収まるというような、自分が我慢すればいいっていうようなところが結構ありました。でもそうすると私自身の生き方というのができなくなってしまう。

確かにそうです。私が人に甘えないように工夫してきたのは、そこで迷惑をかけたくなかったから。もっと大事な、違うところで自分の生き方を貫くためにそういうふうにしたんですが、本当は、「これはできません」ってはっきり言えれば簡単なんです。できないことはできないって言ったほうが、自分の人生をより早くスムーズに生きていける場合もある。

我慢が得意と思っていたこと自体がよくないことだったのかもしれない。それは誰のことも幸せにしない。自分もそうだし相手も幸せにしない。私が相手のために我慢するっていうのは、単なる私の思い込みみたいなものでもあるわけだから。我慢せずに、自分はこうしたいって伝えることは、相手に対する思いやりでもあるんだなというふうに思いました。だから、我慢が得意なんて言わずに、ちゃんと自分はこうなんだってことを飄々《ひょうひょう》と伝えられるようになれたらいいなと思います。まあ、もうできるかも。ここまで生きてきたから。

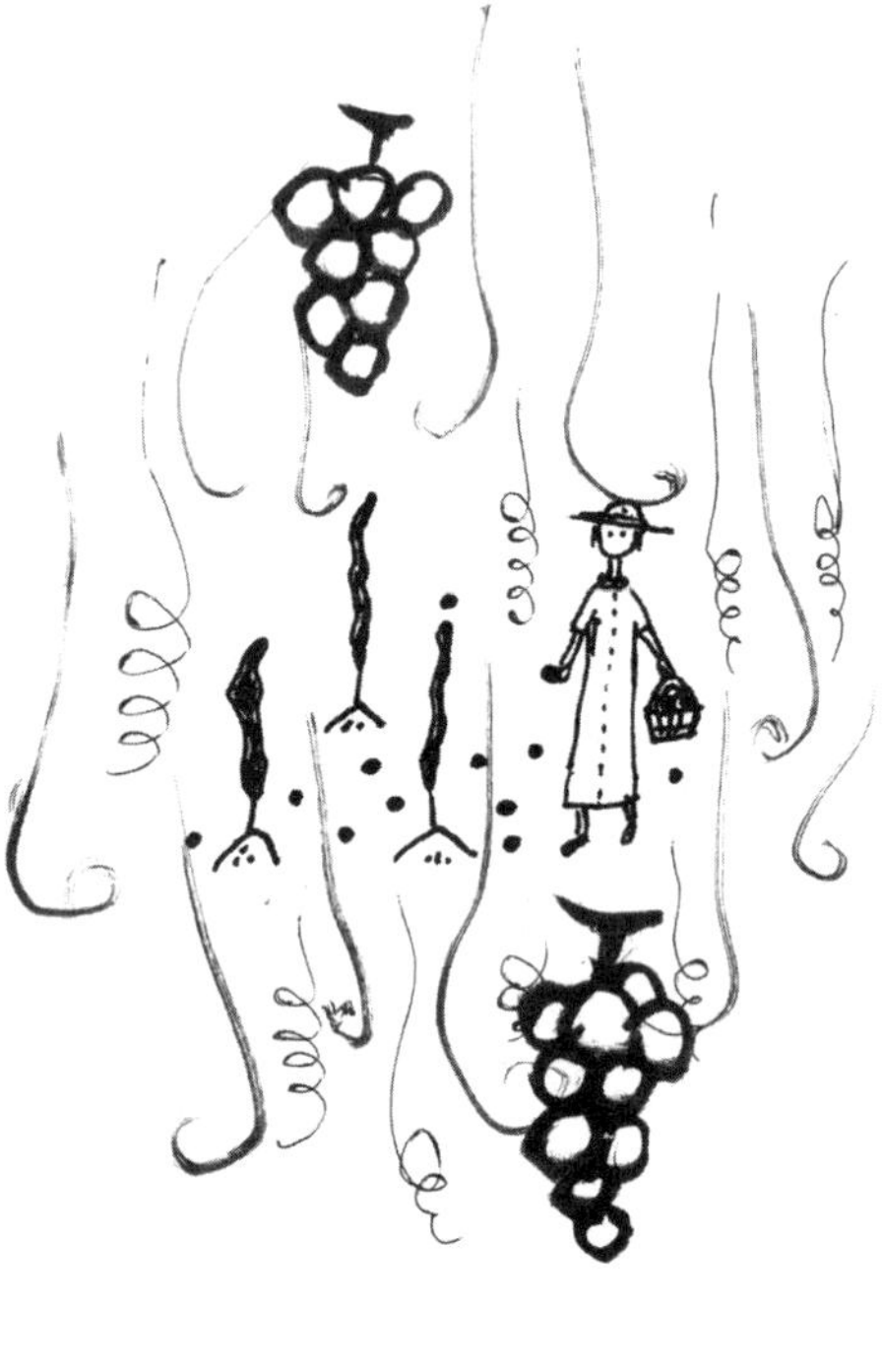

世の中から「引く」

昨日引いた『こぶたカード』*の「引く」ということについて、時々ふと思い出して考えていたんですが。やっぱり、今のこのコロナという出来事の中において、世の中から、街から、いろいろなことから……、引いてしばらく静かにしていましょうということだなと思いました。もう本当にいろいろなところから引いて、じっとして過ごす時期なんだなと、改めてしみじみ私も考えていたところです。

毎日のニュースを見たりしながら、どんなふうになるのかなとか、いろいろ考えるのですが……。

経済的な影響は、日本だけではなく世界的にきっとすごくあると思いますが、それに関しては、やっぱり近ごろの、少数のお金持ちがたくさんのお金を限りなく増やして……という流れにストップがかかって、あれはやっぱりちょっと無理があった、不自然だったと、結果的に今までの流れがここで止まって、地に足をつけた……、自分の体でできる範囲の暮らしが大事、ということに戻る流れになったらいいなと思います。

あまりにもちょっとおかしいです。世界の大金持ちがものすごいお金を回していて、そのお金の価値が、毎日をコツコツ生きている人と同じお金の単位だというのは。なので、そういうところが是正されれば、とちょっと思ったりします。希望的に。

あるいは、差がますます広がって、バランスが崩れて、いったん大きく壊れて、壊れたのち、時間をかけて新しい世界が生まれる……など。

どうなっても不思議ではないと思います。

どちらにしても、なるようになる。

大きい目で見ると、道が正されるというようなイメージを私は持っています。さまざまなものがふるい落とされて。素朴さの持つ力が見直されると思うんですが、どうなんでしょう。

なので、私は全然怖くはないんですよ。

ただ、多岐にわたって影響が出ると思います。健康・政治・経済……、いろいろな立場の人がそれぞれのところでそれぞれの意図のもとに動いているので、スムーズにいかない。でもそれも含め、いろいろなものが明らかになる、露呈する、いいところと悪いところが、バタバタの中で、どちらもわかりやすく目に見えるようになる、今まで見えていなかったものが見えてくる……というのは非常に面白いと思います。

そういう感じで、しばらくは様子を見ながら静かに過ごします。

＊「こころのこぶた」カード：50枚のカードそれぞれに、日々を生きやすくするヒントになりそうなキーワードとこぶたのイラストが描かれている。

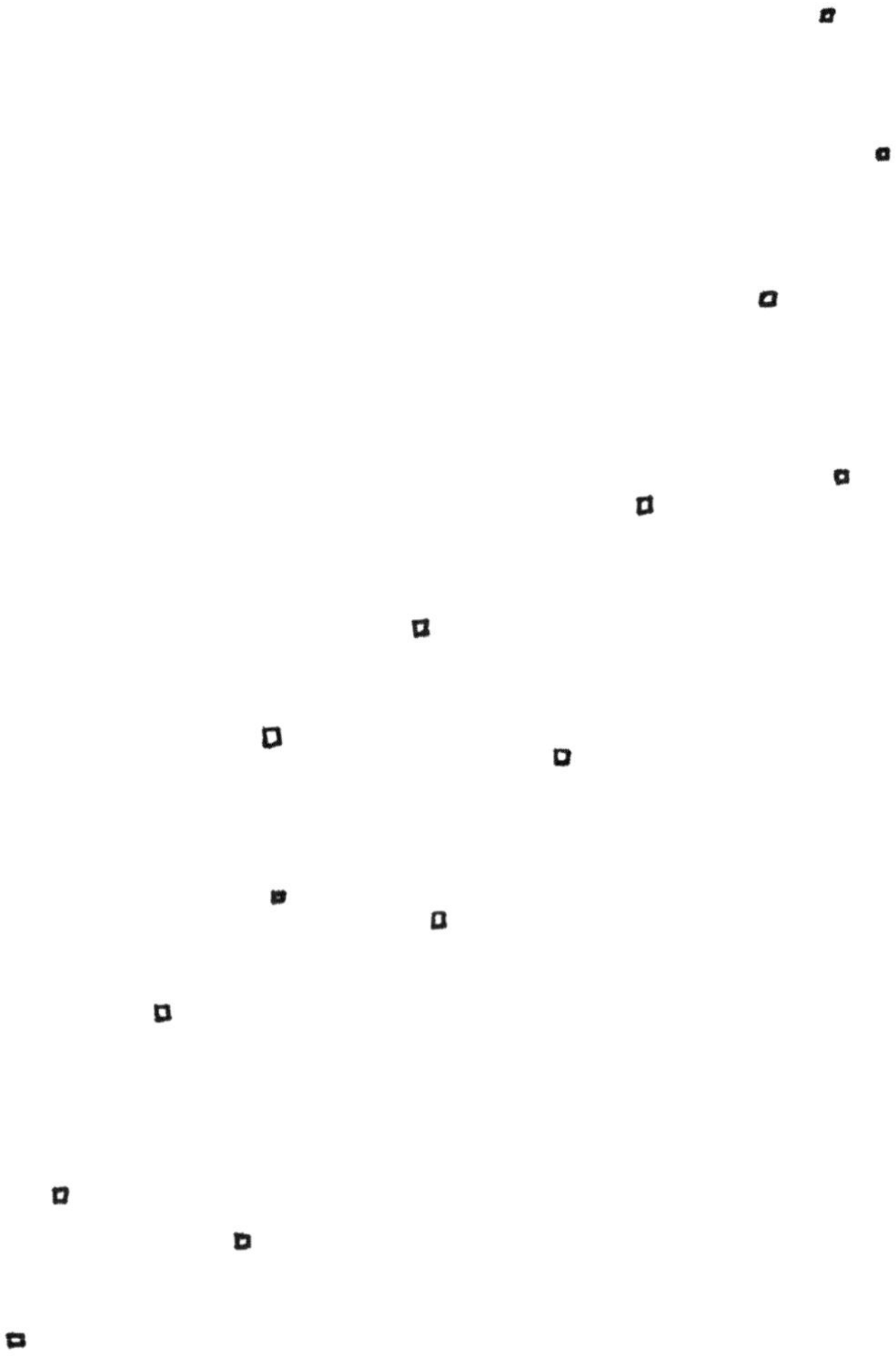

自分の力を信じる

今日の朝、また強いメッセージ、ハッと気づくことがあって、こういうふうに言われました。言われましたというか、そうなんだ〜って思いました。

それは、「一人一人が自分の力を自覚すること」ということでした。私たち一人一人が自分にそんな力はないと思ってしまいがちです、私たちは。私も本当にそうなんですよ、自分に力がないと思うタイプなので。

謙虚さも謙遜も、しすぎると嫌味になると思います。まあ、そこまではないとしても、やっぱり、自分なんてって言うと、卑下している感じがします。自分にそれほど力があるのかどうかわからないくらいの感じで私は生きているんですが、自分の力をちゃんと自覚して、自分には自分なりの力があるんだっていうことを、はっきりと強く自分が思い、認めることによって、力というのは、本当に湧いてくるんだ、と思います。

朝このお告げがあったので、これは皆さんに伝えることだと思いました。
なので、自分の力を、自分には自分なりの力があるということを自覚して、
そうすることで湧いてくる力を利用して生きていきましょう。

穏やかさを保ちたい

『過去のすべては今の中にある』（『つれづれノート』新刊／２０２０年４月）
の帯の言葉についてです。

世の中が動く音が聞こえる
そんな中でこそ穏やかさを保ちたい
いつも心に

２０２０年の１月中旬くらいに、今、世の中がすごい勢いで動いているなと感じた時がありました。まるでその音が聞こえたように感じたのです。ゴーゴーという音がしました。すごく動いているなと思っていたら、いつの間にか、もっとこんなに動いてしまって……。どんなふうになるんだろう。

でも、こういうことは昔から繰り返されてきたというか、普通に安定した時期のほうがめずらしいんだろうなと、私は思います。

やっぱり、安心・安定・絶対に大丈夫、のような状態は存在し得ないんだろうと。今まで、ずいぶん長くそれを経験できましたけど、日本は。他の国では、いろいろもっと大変なことがありましたから。いつかは今のような緊急事態も少しは収まると思うので、その時であっても今であっても、変わらない何かを保っていたいなとは思います。

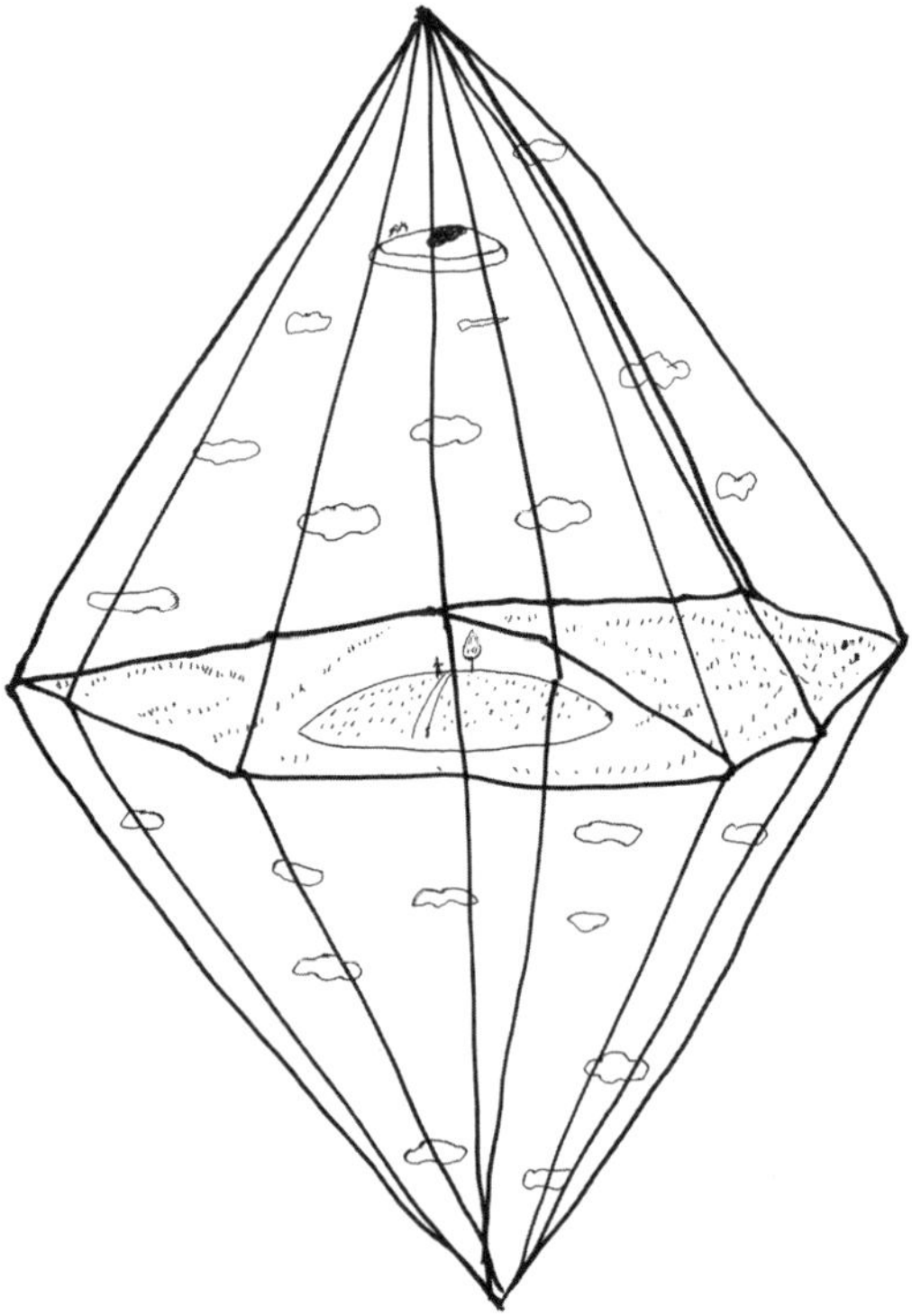

その日その日で波はある

今日、ドライブしていた時に、ちょっと憂鬱な、気が沈むような感じがずっとあって。どうしてこんなに気が沈むんだろうと考えたら、思い当たることがありました。

あっ、あのことで気が沈んでいるんだなと思って、それを一枚脱いだ、剝がしたら……。そしたらその下にもうひとつあったんです。そして、ああ、あれも……とわかったんだけど、まだもやっとしていて。あれっ？　と思ってさぐったら、さらにもうひとつあって。

だから3つくらいの憂鬱が重なっていて、全体にぼわーっとした大きな憂鬱になっていて。でも、その憂鬱って、一個一個見ると、どれも考えてもしょうがないような小さなことなんです。これに関しては今は静観しておくしかない、次のこれに関しても、考えるとちょっと暗い気持ちになるけど考えてもしょうがない、……という感じ。

それで、気が沈むとか憂鬱ってそういうものだなと思いました。つまり、ちょっとした気がかりなことが、玉ねぎとかキャベツみたいに折り重なっていて、ぼわーっとした憂鬱のかたまりになっていて。でもよく見ていくと、今考えてもしょうがないなとか、これは考える時期になったら考えようとか、これは一歩先に進んだら考えようとか、一個一個はっきりするとスッキリするんだけど、そうしないと全体的にぼわっとなんだか気が沈む。

同じことを考えていてもそこまで憂鬱にならない時もあって。気持ちのアップダウンや、天気とか、いろいろな要素によって自分の気持ちって変わりますよね。変化する要素は常にあることだけど、今日は、たまたま同時に３つ思って、しかもなんとなく気が沈む方向に行ってしまったなあと。

人の心って、そういうものですね。雰囲気というかニュアンスというか、そういうことってあるなと思います。なので、次の日になったら、状況は変わっていなくても、そこまで気が沈まないこともあるし、どうして昨日はあんな感じだったのかなあと不思議に思うこともあるし。というふうなことを思いました。まあ、その日その日で波はありますね。

自分に降りかかる問題だけを

コロナのことで、たまにニュースを見ると、えっ？　って心配になったりもするけど、自分では絶対なり得ない立場のことを心配してもしょうがないな、と思います。

つまり、失業しそうな40歳の男の人の話を聞いて、同じようにちょっと苦しい気持ちになりそうになったりして、ハッとして。いや、でも私は今この40歳の男の人ではないから、その事実を事実として受け止めるのはいいけれど、同じように苦しい気持ちになる必要はないんだって思うようにしています。ついつい、同じように思って苦しくなってしまうので……。

自分は自分に降りかかってきた問題だけを解決しようと努力すればいいわけで、人の問題を想像して、自分に起こり得ない問題なのにまるで自分に起こるかもしれないって、うっかり思わないようにしようと思います。ついつい、考えてしまうほうなので。考えるというか、話を聞いていて無意識に暗くなってしまったりするので。いやいや違うって、私は今、これこれこういう立場で、ここにいるこういう人で、この私に降りかかるかもしれない悩みだけを悩もう、と。

　想像して、いろいろ悪く考えるとすごく暗くなったりすることってあります。家族の健康のこととか、もし自分や親しい人がこれこれこうなったらどうしようとか、起こってもいないことを想像で暗く考えすぎるのはよくないな、それが起こっているわけでもないのに、と今日は思いました。

問題を解決するためには、まずその問題を理解すること

昨日、また明け方のお告げがありました。

私は、明け方のお告げがあると、ぱっとメモしておくんですけど、しばらくすると、もう覚えていません。それで、メモを見返して、そうそう、こういうこと言われたな、……というか浮かんだなと思って、フムフムなんて思うんです。

今回は「問題を解決するためには、まずその問題を理解すること」ということでした。その問題自体をよく理解しなければ解決することはできない。つまり、その問題は実は何なのかっていうふうに、分析したり見極めたり、なぜその問題が起こったかというのを理解するとか、そういうことをちゃんとしなさい、と。それをすることによって、解決できるということです。

問題だと思うだけでなく理解しようとすると、解決の糸口が見えてくるのではないかなと思います。

承認欲求についてふたたび

子供の頃から承認欲求はありませんでした。これは生まれつきだと思います。生まれつき、そういう性格でした。人って生まれつきの性格がすごく大きいと思います。生まれたばかりの赤ちゃんがずらっと並んでいるのを見ても、それぞれすごく違います。産婦人科の看護師をしている友達がいるんですけど、新生児を見ていても、全然違うって。わーって大きい声で泣き続ける子がいれば、うっうっ……て我慢して泣かないような子もいると。

私は、生まれつきその子自身が持っている性格とか性質というのがすごく大きくあるなと思っています。

承認欲求がなかったと私が自分で感じるのは、何か出来事やきっかけがあったからというよりも、生まれつきだと思うんです、多分。生まれつきのものって、もともとそうだから変えようがないし、その人自身も気づかないんだと思います。自分にとってはそれが自然だから普通に生きてきたけど、人と比べた時に、あっ、そうなんだ、他の人は違うんだなってだんだん気づいていくみたいな。そういうことはありました。

私は、本当に負けず嫌いの逆で。負けず嫌いというのが全然ないので。テニスの公式試合とかトランプとかすごく苦手でした。たまに、負けず嫌いな人がいますよね。負けると機嫌が悪くなるとか、勝つまでやめないとか。もうね、すごく困ることがありました。夜遅くまでトランプさせられて。

勝ちたいと思わないから、時々、失敗することもあって……。

失敗というか、そういう勝負ごとではないことでも、本当にしたいこと以外のことにはあまり真剣になれないのです。ちゃんと勉強して研究して、こういうふうにやったらその物事がうまくいくだろう……っていうようなことってありますよね。でも、本当にそうしたいとあまり思っていないから、真剣になれず、結果、うまくいかないっていうようなことがあります、時々。そんな重大なことじゃなくて、ちょっとした趣味的なこととかなんですけど。それをやる時に真剣にやってないなと思うことがあって。そういうのは大体うまくいかなくて、人から見たら失敗したように見えるだろうなあと、ぼんやり思います。

価値観が変わる

コロナ関係でちょっと思ったことは、今みんなが動きたくても動けない、遊びたくても遊べない、人に会いたくても会えない、というような状況になっていて。普通あり得ないようなことを、１ヶ月も２ヶ月も続けるということは、すごい経験だなと思います。

仕事熱心な仕事人間みたいな人たちが仕事ができないというのは、今までにない価値観を得られるような気がします。あと、家族と向き合うとか、あるいはひとりの人はひとりでいることに向き合うとか。今までしなかった時間の使い方を、強いられることが多くなると思います。

それによって、今まで考えなかったことを考えたり、新しい発見をする。嬉しくないかもしれないけど、いろいろなことに気づかざるを得なかったりして。それは、ある意味いい機会、ある人にとっては価値観が変わるようなところがあるだろうなと。多くの人が望まないことではあるとはいえ。

そういうことを思いました。

世界の中を、世界に触れることなく歩く

ゆっくり本を読むのもいいなと、本棚を見てみました。

久々にスピリチュアル系の本を読みたいなと思って。最近、お花のカタログ

とかそういうのばかり見ていたので。で、その中から一冊取り出して、これを読んでみようと。今まで2〜3回読んだことのある本なんですが。

この中に、私の好きな言葉があります。これこれこういうふうにすると、「世界の中を世界に触れずに歩くことができるだろう」って。これは、確か聖書か何かに、「この世を旅する者になれ、この世の者になるなかれ」というような言葉があって、多分、同じようなことを言ってるんじゃないかなと思うんですけど……。

私はこの、世界の中を世界に触れずに歩く、という一文が大好きで。

それを見た時、すごい解放感を感じたんです。ハッとして、これこそ私が求める生き方だ、っていうくらい。

物事に対する私の好きな見方というのがあって、私は、人の感情・人の持つ魅力・面白さが好きだけど、それらにあまり近づかずに、離れて見ていたい、というようなところがあります。それにもちょっと似てるなと。だから、「世界の中を世界に触れずに歩く」という言葉を、今朝、本の中で見つけて、ちょっと気持ちがよくなりました。

私は以前から、人の持つ感情というものに興味がある、と言っていましたが、最近気づいたことは、私は人の感情に興味がないから興味があったんだ、ということです。それは、人の個人的な感情には興味がなく、感情というものそのものに興味がある、という意味です。

深く沈んでいつか浮かんでくる愛情

最近、私の母のことや小さい頃のことを話していて、またふと昨日思い出したことがありました。

ちょっと風変わりな家庭というか母親の元で育ったのですが、そういう中でも、私たち兄弟姉妹がこういうふうに強くいられている一番大事なことを言うのを忘れていました。肝のようなもの。

それは、父親からも少しはそうだと思うんですけど、特に母親からの本能的な愛情というのがすごくあったんです。本能的で無心な愛情、それは母自身も無自覚な本能的なものだと思うんですが。それを、私たち兄弟姉妹は注がれていたと思います。

なので、私は、根が頑丈というか、何かが強いんだと思います。多分それが芯にあるので、いろいろと困ったことや変わったことがあったとしても、何かこうビクともしないようなところがあります。だから愛情があれば大丈夫だと思います。

でも、こういうふうに言うと、自分はそういう愛情をあまり受けなかったっていうような人がいると思います。それだったらもう自分はもともとダメなんだ、って思われるかもしれませんが、違います。

愛情部分がちょっと欠けた親に育てられる子供もいます。親自体に愛情というものが未発達な。だけど、そういう歪《いびつ》な形の愛情を受けた子供っていうのは、ずっと後になって、すごく大人になってから、歪な形の愛情によって知る愛情があるのではと思います。

　愛情の形っていろいろあって、複雑な形の愛情もあるんですよね。それは、若い時にはわからないんだけど、歳を取るとわかるというか。未熟な愛情がわかるって、すごく深いことなので、若い時はわかりづらいんです。でも、ずっと後になって、すごく深いところでわかってくるような気がします。

　深く沈んだものは、浮き上がるのに時間がかかるけど、やがていつかずっと経ってから浮き上がってくる。そして、その水面から青い空を見ることができる、そういう気がします。

わからない故のキラキラさ

　今は、あまり変化のない日々を過ごしているのですが、空の上に蓋があるような、なんとなく気が晴れない気持ちはずっと続いています。これはコロナのこともあって、しょうがないですね。

子供の頃は、ちょっと気持ちがふさいでいても、それを見るともうぱっと全て忘れて気が晴れるようなものがたくさんありました。好きなスターをテレビで見たり、好きなマンガを読んだり、好きな歌を聞いたりすると、もうそれだけでその世界にパッと行けて、さっきまで考えていたことをすっかり忘れる、みたいになれていました。それが、だんだん大人になるにつれて、なくなってきました。

これは自然の流れなのかもしれません。今は私の気をパーッと晴らしてくれるものがあまりありません。これが、大人になるということなのかな、なんて最近よく思います。

だから、自分で何か楽しみを作らなくてはいけないってよく言いますね。既存のものでは、もう楽しくないから。楽しさに慣れてしまったから。楽しさの底がわかってしまうと夢中になれない。騙されない……ということでもあると思います。キラキラ輝いているように見えていたものが、それは実はこういうことなんだとわかってくると、キラキラ輝いて見えなくなる。

人生も、それと似ていると思います。先がよくわからなくてキラキラしていた昔と、なんとなく知らないものがあまりなくなって、わからない故のキラキラさみたいなものをあまり感じられなくなる。それでもそれは同じ世界ではあるんです。自分というものが成長した、変化してきたということでもあります。

自然にうまく流れていったら

私は、今、人生の転機です。

自分の人生をもし3つに分けるとしたら、最初は若い時。次が結婚していて子供を育てたりしていた時期。そして、大体そういう責任が終わってこれからっていう時。

今は、これからっていう時に来て、模索中というか、気が晴れない時期なんです。振り返ると、多分10年くらい前から、悶々《もんもん》としていました。次の新しい目的を探したいと思って。一生懸命自分の情熱をかけられるもので、しかもあまり周りに左右されないものを見つけたいと思っていました。

私はじっとしてるのはやっぱり苦しいタイプなんです。じっくりコツコツやるのは好きなんですが、それだけをしていると気が滅入ってきます。時々わーっとくるエネルギーの持っていき場のような、これを発露する場を見つけたいんです。それを自分がどういうふうにコントロールして、どういうものを見つけていくかというのが私の課題です。

だから、今計画していることを、どんなふうに始めたらいいか、すごく考えていて。まずは自分が行動を起こしたり、誰か人に話を聞いたり、同じようなことを考えている人を見つけたい。そのために、まずどういう形でそれをやったらいいかなと、考えています。

なにしろ、聞く人を間違うと気が沈んでしまいますから。

そこがすごく大事なんです。今までの人生経験で思うんですが、自分がその世界を知らないからといって、その世界をよく知っているけど自分の感性や方向性と全然違う人にうっかり相談したりしてしまうと、間違った方向に行くことがあります。

やっぱり、「この人はあまり素敵だと思わないな」と感じる人には、どんなにその人に知識や人脈があっても頼ってはダメです。

今やりたいことに踏み出すにあたって、関わる人が大事なので、そういう人とどうしたら出会えるか、どういう方向に自分が歩みを進めていけばいいのか、というのをすごく考えます。

行動を起こすことができても、リアクションが来た時に間違えずに次の選択ができるかという、そこも重要です。そこでぶれてしまったり、相手に気を遣ってしまったりして方向がずれるとうまくいきません。

そういうことが今まで結構あって、今度こそは失敗したくないので、ちょっと恐れがあります。

これからやりたいことに関しては、自分はこういうことをやりたいということを、強い意志で伝えたほうがいいと思っています。相手がやりたいことと自分がやりたいことを混同したら、またダメになるなと。

まあ、うまく進まなかったら、それはちょっと違うんだな、選択を間違ってたんだな、と判断することにします。自然にうまく流れていったらそのままやっていくし、どこかでつまずいたら立ち止まって考える。

急ぎさえしなければ、大丈夫でしょう。

行動する過程そのものが成功

私みたいな妄想家タイプは、早く現実の壁に当たるほうがよくて。自分の頭の中でずっと妄想ばかりしているとパワーが溜まりすぎて突っ走っちゃうんです。これは私の性格です。

結局、問題は何かというと、計画を立てている時は、現実のマイナス面を考慮に入れてないってことなんです。

というか、入れてないわけではないんですが、そういうこともこの強い情熱で乗り越えられる、と思ってしまう。乗り越えられる程度のマイナス面しか考えてないんです。そういう時って。乗り越えられないマイナス面ていうのもありますよね。なんか好きではない苦手なタイプの。それを考慮に入れていなくて、実際目の前に現れたら急にしゅーんとなるんです。

ただ言えることは、私はやっぱり考えざるを得ないというか、考える性分なんです。新しいことや、これからやりたいことなどを。どうしてもいろいろ考えてしまうので、そこは昔から変わらないです。

でも、きっと行動することが目的であり、ある種の成功なのかもしれないです。行動している過程そのものが。

私の本の書き方

本を読む時。

この本のここよかったな、と付《ふ》箋《せん》を貼ったり、いいなと思うけど付箋を貼るほどでもないなとか、ちょっと心の中でとどまっているものってありますよね。

それほどでもないけど、ちょっと気になりつつ、そのまま流して、でもあとですごく気になったり。そんな大した言葉ではないんだけど、些細な言葉だったけど、何か自分にとって……あれはすごく重要だったんじゃないかという。あとで気になって必死になってページをめくって探すことがあります。そして見つけると、確かにスルーしていいやって思えるほど小さなところです。でもやはり、すごく重要だった。それが心に引っかかってたってことは。なのでそういうところは他のどれよりも大事にします。

私の本は、日常の生活の中で思ったことを、その時々にふっと書いているから、その時に摑まえないと埋もれてしまうというか。

でも、だからといって、逃してしまったって思う必要はないです。

なぜなら、一回見て何かハッと思ったことって、忘れているようでいて心の奥にはあると思うから。

私の本の書き方は、日常生活の中で草むしりをしながらこういうふうに思ったとか、皿洗いをしながらこう思ったっていうようなのが多いんですが、そのある動作をしながらそれを思い返したとか思いついたとかいう、その動作も含めて、前後の状況やその時の状態がすごく大事だと思っています。

日々のさまざまな出来事をリアルタイムで綴っていく……、織物のようにいろいろな色の糸が織り込まれてひとつの絵を描くような感じの書き方なので、あとであの糸だけ、あのことだけ抜き出して、っていうのは結構難しいんですが、ここで始まり、ここで変化して、こうなったな、ということがあとでわかるんです。全部、終わってからわかる。あるいは最後になるまでわからない。

それは人生そのものです。

そういう書き方が好きだし、そういう書き方で伝えられるものを伝えている。

だから、言ってみれば、それって共に歩く感じなんです。

スピリチュアルなことは
その意味することだけを

自分の価値観や生き方がはっきり決まると楽ですよね。早く決まる人もいれば遅く決まる人もいる。

私はわりと遅く決まるタイプでした。なぜなら研究しなくてはいけなかったから。

揺らぐことなく、人がどう言ったからって変わらない、人に迎合しない……、昔からそういう部分はあったけど、全部がそうではなくて。仕事に関してはそうだったけど、私生活に関してはわりと揺らいでいるというか。決定に慎重で、本当かどうか疑っていて、どちらかというと「自分をなくす」的にやっていました。

やっぱり価値観とか生き方がはっきり決まっていると、もう自分はこうなんだって言えばいいわけです。そうしたら、小さいことであれこれ言う人のことも気にならなくなるし、潔く生きられます。

私は、40歳をちょっと過ぎたくらいの時に、死というものをより深く考え続けて、死に対する恐怖心が薄れました。

スピリチュアルなことを考えるとすごく気持ちがいいので、とても楽になって、あまり世の中のことに右往左往しないというか、人が言うことをごちゃごちゃ考えないで済むような、何かこう爽やかな気持ちになった時期がありました。

スピリチュアルなことだけに目を向けた時って、「いや〜もう幸せだわ」なんて思いますが、そこからがまた大変なんです。つまり、自分はひとりで幸せな感じでいられるけど、今自分がいる環境は現実なので、急に自分だけスピリチュアルに目覚めても、現実社会の中で実際は生きていかなくてはいけないわけで。すごい葛藤を感じるんです。

私は40歳過ぎにそうなって。その後は、しばらく高揚感みたいな感じで、数年ハッピーというか、どんな困難でもやってこい、ってほどいい感じだったけど、やっぱりそれだけだと、現実と乖離《かいり》しちゃうんです。だから現実世界と自分のスピリチュアル感みたいなものとをすり合わせながら、だんだん今にいたったという感じです。

スピリチュアルなことに目覚めて何となく違う感覚を得たあとに、これからどうやってこの世の中とうまくやっていけるか、を考える段階に入ります。

そこからは、そのスピリチュアル感で生きていけるような環境を作り始める時期になります。なぜなら、全然違うところに、違う気持ちでいるのは苦しいから。環境作りこそが大事なんだと思いました。

それには時間がかかります。人間関係もそう。今自分が生きている環境を再構築するようなものなので、人と離れることにもなるし、新しく出会ったりもする。長く続けていたことをやめたり、興味を失ったり、意外なものに心惹かれたり。

そうやる中でいろいろと考えたり、工夫したり、ぶつかることによって、自分が感じていたスピリチュアル感も本当に試され、世の中、現実ということもまた新しい角度でわかっていきます。

私はそういうふうに思い始めてから20年くらい経った今、もうあまりスピリチュアルスピリチュアルって言わなくなりました。さまざまなスピリチュアルな人や物事に心惹かれることも、もうありません。スピリチュアルなことは、その意味するところだけを心に秘めて、普通の言葉を使って日常を送りたいと思っています。

普段の生活の中で気持ちを安らかに保っていけるよう、自分の生き方と環境を整えていきたいと思いながら、私は今ここにいます。

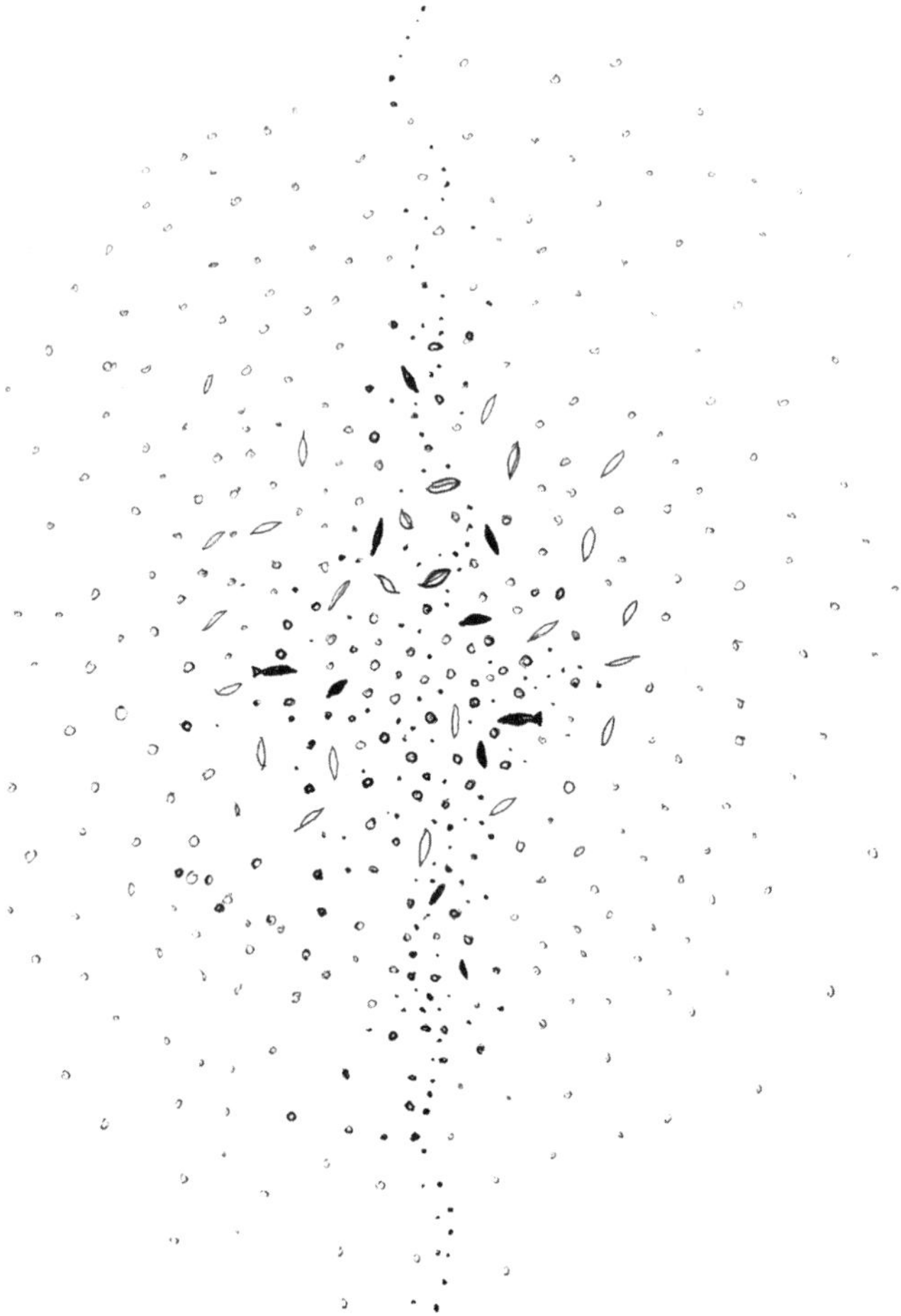

悲しみをクルッと裏返し

大事にとっておいたものが、ある日全てなくなるという経験って、たまにありますよね。うっかり捨ててしまったりとか、引っ越しでなくしたとか。

私は何かをなくしたり何かが終わった瞬間って、ちょっと快感を感じるようなところがあります。ショックで悲しく思うと同時にほっとするというのか。自由さを感じるようなところがあって。

例えばふられた時とか。ふられると言っても、その背景にはいろいろあるので、ふったのかふられたのか……。ふるのとふられるのは同じようなことだけど……。まあとにかく、悲しくて泣いたりしているような時でも、心の奥に気持ちよさのような、爽やかな風がゴーッと吹いていたりします。

何かが好きっていうのって、それに縛られているってことでもあります、それに翻弄されるというか。でも、それが否応なくなくなってしまうと、もう縛るものがなくなり、翻弄されることもないわけで、それで解放感を感じます。

心の奥の奥に小さい光の点みたいなものがあって、そこにグッと入り込むと、全部裏返しにできるんです。一瞬でクルッて。

クルッて全て裏返しにできるものってありますよね。例えば、ゴムの丸いボールがあったとして、穴があいたら、そこからクルッて裏返しにして、綺麗に裏が表になるみたいな。台所だとイカとか、洗濯物だったら靴下とか。そんな感じで、私は精神的にも、感情を小さい光の点のところからクルッて裏返しにすることがあります。だから、悲しみみたいなものから一気にいきなりパッと生まれ変われる。

終わりは始まりってよく言うけど、終わった瞬間が始まった瞬間のような感じで次々と進んでいくんです。

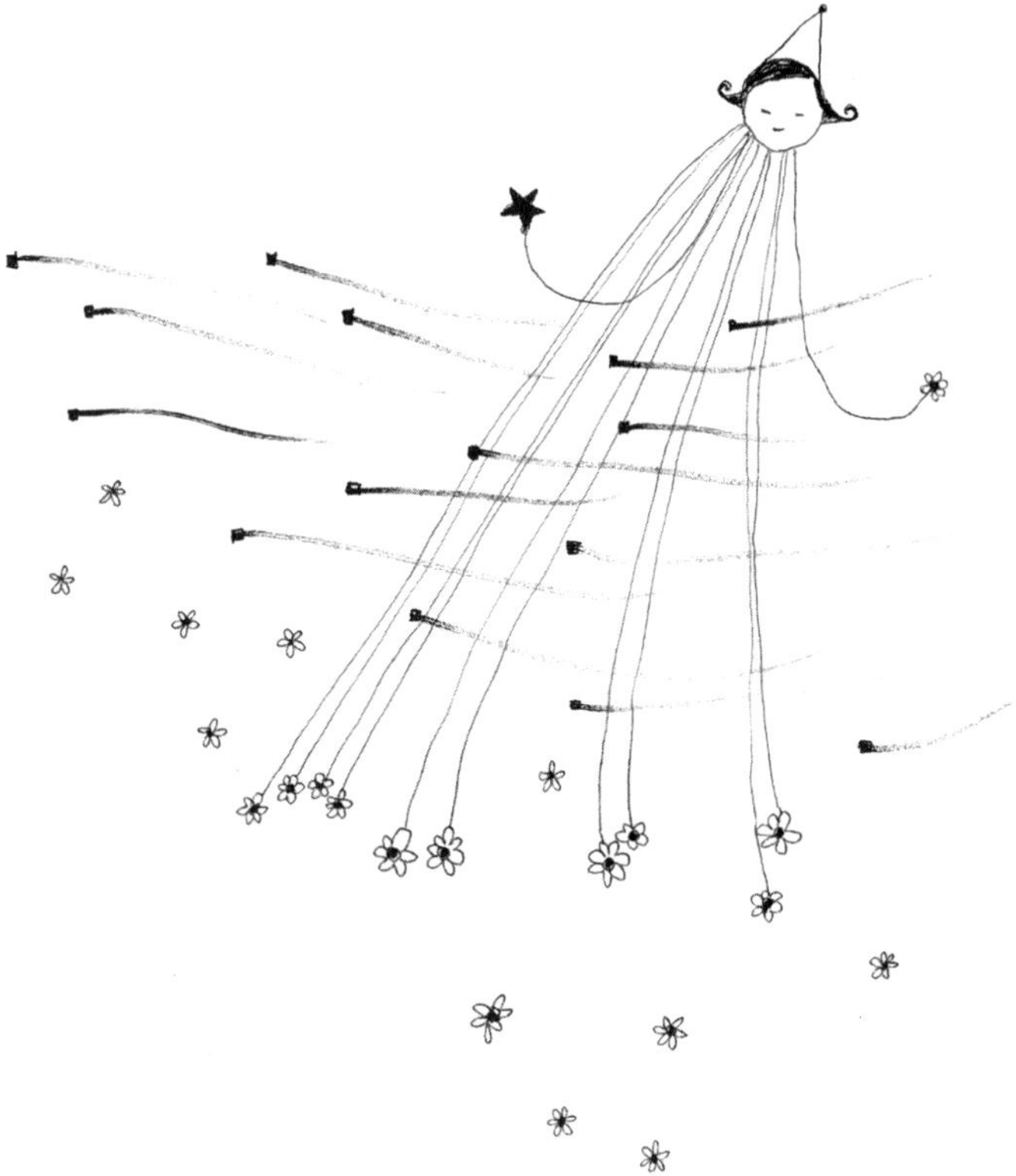

8 新しいことを始める時の人の反応

新しいことをしようと決めて、今までやったことのないことに挑戦したいと思った時に、それを身近な人に話すと、慎重派の人はちょっと眉を曇らせるというか、難しいとかそれはちょっと大変だよとか、いろいろ注意してくれます。

その人のことをちゃんと考えて心配してくれる人と、そんなに親しくなくて、単にちょっと馬鹿にしてというか、人がやる気になると水をかけたくなるタイプの人もいる。だから、私はそういう人にはあまり言わないようにしているし、皆さんもそうだと思います。

いいねって賛成してくれる人の場合は、その人自身も前向きでいろいろなことにトライするタイプの人だと思います。まあ内容にもよりますが。私はよく急にいろいろなことを考えて、アイデアが出て、あれこれこうしたいと思ったり、やっぱりこれこれこうだからやめた、ということを何度も繰り返してきてますが。

普段新しい変化がない人が、本当に一生に一回みたいな気持ちで会社を辞めるとか、人と別れるというような決断をした時は、やっぱり軽はずみに意見できないと思うんです。相当な考えでその人はやっているわけで。尊重して見守りたい。

私の場合は、何かを始めて、ぶつかって、成功しても失敗してもそれが自分の成果だと思って、経験自体が私の仕事みたいなものなの……、と自分で思っています。

普通の人にとっては無駄だというようなこと、大失敗と言われるようなことを実は私はこっそり、すごくしていて。

私にとって価値のあるものが、他の人にとったら馬鹿みたいなこと……ということも多いので私はあまり人には言わないようにしています。自分がしようとしていることを。驚かれてしまうのでね。こっそりやって、そうかこうなるか、と、うんうんと納得して……、ひとりで体験してきました。

何かをしようとする時に、前例がなかったりすると、さまざまなハードルがあります。でも自分が本当にやりたいと思えば、工夫したらできますから。

どうにか工夫したらできる……ということを言いたかったわけではなくて、人がしないようなことをしようとすると、意外なところに面倒くささや難しさはあるけど、やろうと思えば、ちょっと普通の手法ではないかもしれないけどできたりするので、もしやりたいことがある人がいたら、オリジナルで頑張ってね、ということを言いたかったんです。

失敗をどう捉えるか

最近、また失敗について考えています。

私は、失敗についてよく書いてますよね、くどくどと。自分に対する反省と言い訳と今後の対策だ、と思って自ら勇気づけるためにです。去年から結構失敗続きで。

この春も失敗がありました。失敗してもその後、自分の開き直った気持ち一本でいければいいんですけど、人の意見とか世の中の動きとか状況とか、どうしても聞こえてきますよね。そうすると、せっかく開き直ったのにもかかわらず、また失敗を思い出して、胸がぎゅっと苦しくなって……、後悔に襲われる。失敗をどう捉えるか、これは私にとってはもう終わりのないテーマのようなものです。

何もしなくて安全に、じーっと家の中にいたら、それほど失敗はありません。ちょっとお鍋焦がしちゃったとか、見たかった番組を見忘れたとか、洗濯で失敗したとか、落とした、壊れた、そういうことですよね、家の中にある失敗って。

ただ、それだけでは生きていけない……というか、退屈だからか、いろいろな行動を起こしてしまう。そうすると結構、しまった！　っていう失敗を起こしてしまったりします。

私がいつも思う失敗の捉え方は、人生が長い一本の紐だとすると、過去の失敗、うまくいったこと、普通、失敗、うまくいったこと、普通……というのがいっぱいつながって、シマヘビみたいに縞模様になっているわけです、その紐が。

それが長々と続いているとすると、例えばある時すごくいいことがあったとしたら、このいいことは、過去のあの紐の中のあの失敗のあとの流れであるわけだから、このすごくいいことのためには、あの失敗は必要だった、だからあの失敗は切れない。っていうようなことを……私はいつも考える。

だから、今は失敗したことをすごく悔やんでいるし、ちょっときゅるきゅるって胸が痛いけど、それは今だから、なんです。また時間が経つと、このきゅるきゅるっていうのも、わりと薄まって忘れてしまって、その次の日々の縞々がどんどん生まれていって、もしいいことがあったら全部、気分的にはチャラになる。

だから、今が嬉しいということは、今よりも過去のことは全てその嬉しさを作るもとになったということなので、肯定できます。

いったん立場を決めて断定する

「胸に響く作品は苦しむことからしか生まれない」

こういうことを以前書いていたようです。今はどう思いますか、と尋ねられました。今はすっかり忘れていますが、それは多分「ある一面」です。確かにそういう側面というのもあると思います。多分、苦しむほどの真剣さを持ったところからこそ何かが生まれるということを、その時は言いたくて書いたと思うんですが、もちろん、それだけではないです。楽しい気持ちとか、自由な気持ちとか、無心のようなところからも、どんなところからでも、いろいろな作品は生まれてきます。

言い方。捉え方。いろいろな言い方ができます、どんなことでも。

表現するということにおいては、その時々で、どんな言い方もできるけれど、あるひとつの言い方しかできないというようなところを見せることが、ひとつの表現の仕方でもあります。本当は、「これはこれ」っていうのはないんだと思うんです。でも、「これはこれ」っていうふうにいったんは言わなくてはいけないから、みんな言っている。だからそういう断定的な言い方にはツッコミどころが多いという気はします。でも、その立場に立ったら潔く言っているんです。立場を決めないと言えない。とりあえずいったんは立場を決めて断定する。

なので、人はある時あるところに足をつけた瞬間に、そこで言えることをただ言っているだけなんですけど、実はヒヤヒヤしながら言っているというか、ヒヤヒヤしながら言っている人こそ誠実だなと、私は思います。

怖いことはもうない

私は、もう怖いことがほぼなくなりました。何度も言っていますが。40代の頃、死が怖かったんです。自分の死や、大事な人の死が。それが怖くなくなるように、いろいろ考えて大体乗り越えたので、もう怖いことはないです。

漠然とした不安のようなものを感じている時に、わーっと何かが来ることはありますが、それは本当にたまになので。そこさえ乗り越えれば、それが過ぎるのを待っていれば消えます。

状況によって、あるものが怖かったりしますよね。例えば、仕事をしていたら、その仕事に関してこういうことが起こったら怖いとか。私は、そういうことができるだけ起こらない状況を作ってきたので、ほぼ外的要因を恐怖するような状況に立たないようになっています。そのリスクを回避できるようにしています。

過去の若い時期には、今これこれこういうことが起こったらどうしようっていう、ある種、綱渡り的瞬間があったけど、今はないです。今の私は、コントロールできる。危険なところに自分の身を置かないようにしているので、怖いものは排除できる場所にいるということかもしれません。

それ以外の、どうしようもない事故的なことに対する恐怖に関しては考えてもしょうがないのでほとんど考えません。

自由とは
自分で決められるということ

私は常々、自由であることがテーマみたいな感じで生きてきたので、本当に自由に関しては、常に真剣に向き合っています。

何しろ、自分がしたくないことをさせられるということに対して、昔からすごく抵抗を感じていました。小・中・高と……子供時代が一番苦しかったです。自由がないから。

なので、私が一番自由を感じたのは、そういう学校時代が終わった時です。それ以降は、もう自由にやっていいっていう……。自由に生きていいし、結局自分の責任で選択できるから、自分の生き方を。どういう状況も、自分で選んだんだったら、それは納得できます。嫌なことと言っても、自分で選んだところにある嫌なことはできる。仕事とかバイトで、例えばちょっとこれ嫌だなと思っても、その仕事やバイトを選んだのが自分だった場合は、ある意味納得できる。嫌なことを何もしたくないというのではなくて、納得さえできれば大丈夫なんです。

自分で選んだことなんだけど、すごく嫌で、あらゆる方法を考えて対処しても、それでもやっぱりダメと思った時は、そこから離れたり、それをやめるような選択をしてきました。なので、私にとって自由というのは、簡単に言うと自分で決められるっていうことかな。何でも。人の命令を受けなくて済む、ということ。
自分で決められないこともあります。例えば、日本に住んでいたら、日本の法律は守らないといけないとか。そういうのは当然しょうがないので、日本に生まれた以上、それに関しては、粛々《しゅくしゅく》と法律を守ります。だから、革命家ではないな、と私はよく思います。よく国のやり方とか政治とか、こういうのはよくない、ひどいと感じてそれを変えようと思う人たちっていますよね。私はそういうタイプじゃなくて、嫌だけれどそれは法律だから守りつつ、自分の好きなことを、ちょこちょこやるみたいな感じです。

それはやっぱり、生き方の原点というか。小学校の時に見た小さい集団の形がひな型になっています。結局それを大きくしたのと変わらないなと思うんです。日本も世界も。

その時自分がいた立ち位置でやっているなと。子供の頃でも、改革するタイプの子もいたし、ふざけるタイプの子もいたし、優しい子もいた。率先して何か大きいものに立ち向かう人っていますよね、先生に何か主張するとか。私は、それをすごいなと思って見ながら、黙って、ノートに落書きしつつ、興奮したりびっくりしたり静まったり……というみんなの戦いとか感情とか動きを黙って見聞きしながら、いろいろなことを感じていました。

その時感じていたことなんかを、ちょっとずつ言葉にして表しているというのが今の職業なんです。そういうような役割ってありますよね。ずっと黙って見ていて、感じたことをその視点で書き表す。そういう時間の幅の広い波、波というか長いスタンスでものを表現している。ずっと昔に感じたことを、ゆっくり考えてゆっくり出すようなリズムを持った表現の仕方だなと思います。

一生かけて表現したいみたいなことを書きました、前に。つまり、今、言えることは、本当に小さい断片でしかなくて、一回で全部は書き表せないので、雪が積もるように、雪のひとひらひとひらが落ちていって、だんだん積もっていって雪景色ができるように、長い時間をかけてちょっとずつ自分が思うことを伝えていきたいと思って書き始めたのが『つれづれノート』シリーズです。

やっぱり、それは長い時間をかけて言わないと伝わらないからなんです。そしてその時点では自分でもわかりません。何をやろうとしているのか。自分も変化の中にいるので、私自身も変化しながら、変化する過程を書いている。

過去の自分が思っていたこと、その時に想像したり予想したこと、それが当たっていたり当たっていなかったりということ、実際に体験したことを、それぞれの時間軸で、その瞬間瞬間で、束ねながら感想を書いていく。

だから、今はこう思っているけど、5年後10年後は、あの時ああいうふうに考えていた私が持っていた課題とか予想が、実際はこうなった。それでは、これからはこうしようか……みたいなことも含めながら書いているという感じです。

子供の人生の中では本人が主役

私の本に登場する子供たちへの配慮について。「本人が主役なので心配することではない」と、以前言いました。これは、私自身が人生の折々に感じてきたことです。

何かを後悔したり自己嫌悪を感じたり、悪かったなと思ったりすることで、その気持ちに自分がさいなまれる時があるけど、意外と相手はそれほどでもなかったりします。

私はすごく気にしていて、何年も経ってから相手にそのことを言ったら、「えっ？ そんなことあった？」って全く覚えていないとか。物事って、自分はすごく心配しているけど、相手はそうでもないということが多々あって、またその逆もある。だから、それを考えるともうきりがないので、意外と自分が思っているほど人は気にしていない、ということを忘れないようにしたほうがいいのではないかと思います。

その人の人生の主役はその人で、その人から見た景色は、私から見た景色ではないということです。子供だったり他の誰かの人生の中では、私は脇役なので、脇役が何言っても脇役、主役は本人なので、脇役うるさい、脇役何言ってるんだ、みたいなことってあると思います。

子供の人生の中では本人が主役なんです。もうバーンと目の前に本人主体の道がある。その風景の中では親も脇役。映画だったらクレジットの文字も小さいんです。だんだん画面に映る回数も減っていくし。新しい人が出てきて登場人物は入れ替わる。また、入れ替わらなきゃ困る。

そういうものなので、あまりあれこれ考えても仕方ないと思います。私は自分自身にもそう言い聞かせてきました。そう思うと気が楽になります。

自分が気にするほど他人は自分の服なんか見てないって言うでしょう？　親が子供のことを心配しすぎるのは自意識過剰です。

価値観の違いによるストレス

価値観が違うけど、その人の身近にいなくてはいけない関係ってありますね。

仕事関係とか親子もそうですし、恋人とか夫婦とか、あらゆる関係の中でこの問題はあります。価値観が違うことで、お互いの意見が対立して、理解し合えずストレスになるようなことって。

　私が思うに、人の価値観を変えようとするのはまず無理です。だから、相手の価値観を変えようと思わずに、具体的な行動としてどこで折り合えるかというふうにするしかないと思う。お金の問題だと、どこまでお金の使い道を伝えるかとか、具体的にどうしたらいいか、自分ができる範囲を伝える。あるいは相手が譲れる範囲を言ってもらって、折り合ったところで行動するとか。

　価値観について考えていて思い出したことがありました。30年以上前のことですが、出版社の上司の方と考えが合わない……あるショックなことがあり、私はほとんど怒ったりすることはありませんが、これはあまりにもひどいと思って、その人に、「それはおかしいですよね」と言いました。「それはひどいですよ」と。その上司の方も薄々そうだなと感じていたと思うのですが、それを認めたらおしまいだみたいな感じで、あくまでもそう思わないというふうに最後まで突っぱねたんです。

その時、私はなるほどと思いました。そうか、この人は、この立場で行くのか。なるほどわかった！　と。私の中で何かが吹っ切れたというか。ある種のあきらめと絶望のようなものを通過して、そうかわかった！　それで通すのですね、だったらその態度で行くことを理解した！　って。それなら、この人とはそういうふうに付き合おう。言いのがれを貫き通したのは見事だと、ある意味、それがこの人の才能だなと感服しました。でも私の心の中では、あの大事な局面でこの人は私を裏切り、その裏切りに気づかないふりをし続け、最後までしらばっくれて譲らなかった、という事実は今でも忘れずにいます。

ということで、完全に何か違うなと思ったら、私は、ある種、その人との関係を自分で見切るというか、あきらめて、見た目はそれほど変化が見られないように穏やかに付き合うけど、私の中ではすーっともう引いてしまっているってことはあります。人の考え方とか価値観って長い間かけて作られるもので、なかなか変わらないものです。

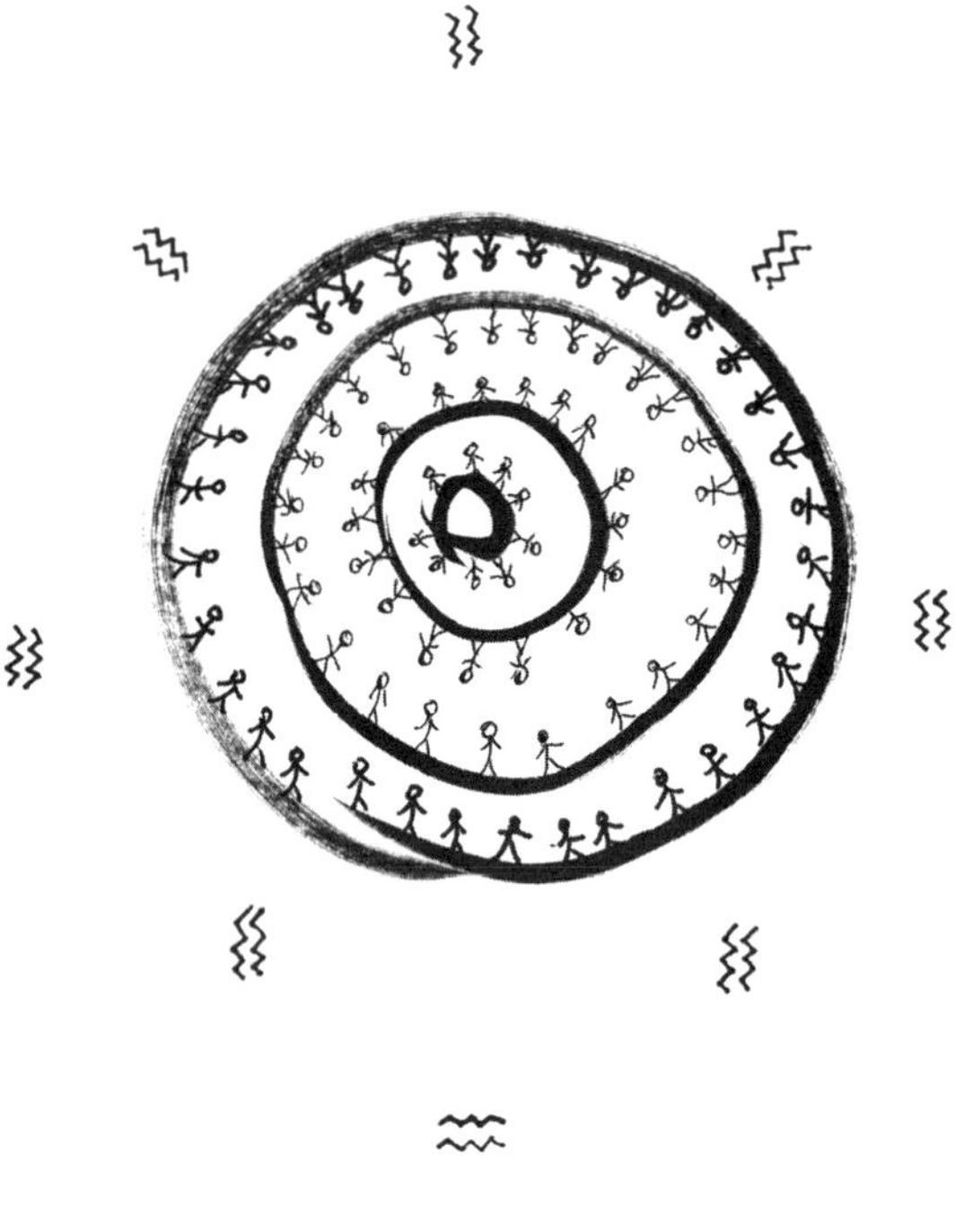

やりたくないことはさせられない

やらなきゃいけないのに動けない人。そういう人にやる気を出させる言葉を求められました。

私は、そういう人に言葉をかけません。それは昔からなんですが、やりたくない人を動かしたいと思ったことがないからです。やりたくない人を動かすことが嫌いなんです。

それはなぜかというと、私自身がそうされたくないからです。

やりたくないことをさせられるのが最も嫌で、それは子供の頃からずっとそうで、とても苦痛でした。小さいことから大きいことまで全部。なので、私は、その人がやりたくないと思っていることをやらせたくない、っていう強い意志があります。だから、子供にもやりたくないことはさせられません。させられないというか、自分の意志でさせないんですけど。

そして、やりたくないことをやらない人が、その状態を続けることによってどうなるかということを見ることに関して、怖さはありません。それでもいいじゃないかと。そうなった時にどうなるかっていうことを共に見ましょう、というところがあります。それでどうなっても別に困ると思わないからです。

死んでも死なない

死んだらどうなるか……。

死後の世界について私は今まですごく、いろいろな本を読んだり人の話を聞いたりしてきました。で、全員、見えているものがちょっと違う。似ている部分もあるけど、違う。どうしてかなあと思って、最初の頃は有名な本を読むと、そうかこうなってるのか、なんて思って。まあ共通している部分はあるから、これとこれはこうなのかな、この本で言ってるのはこっちの本のこれのことかななんて想像したりしましたが。

私が死の恐怖を乗り越えたのは、死んでも死なないと思うことにしたからです。そういう考えを単に採用したんです。そう思った時に一番恐怖が薄らいだから。

どの本も、どの人の話も、ちょっとだけ息苦しいんです、やっぱり死んだあとの話なので。だから、私は自分なりの感覚と解釈で受け止めています。流れは多分一緒なのかもしれない。大きい川の流れに、たくさんの葉っぱが浮かんでいて、みんなで同じ方向に流れている。でも、葉っぱ一枚一枚は違う体験をするわけで、違うものが見えている。

だから、他の人の体験を読んで、その中で私がいい気持ちになったものだけを参考にすればいいと思っています。なんとなく息苦しいとか、ちょっと嫌だなと思うものはスルーして。今、生きている自分に力を与えてくれるものだけを取り入れればいいかなと思っています。

だから、死後どうなるかって、まあ何かあるんだろうなというくらいに漠然と考えています。それと、楽しみだなって、それが一番あります。楽しみ。だって、自分で体験できるわけだから。どうなるか。

もし死後に何もなかったとしたら、それはそれで何の苦しみもないのでそれもまたいい。それは死んだらわかるってことでしょうか。

そう。大事なことは、生きている今の自分に力を与えてくれるものだけを取り入れて、力を奪われるように感じるものからはできるだけ遠ざかる。これです。

アフターコロナの世界

アフターコロナの世界について。

滅多にないような珍しい時期に自分が生きていて、ある意味、私は楽しみです。面白い、興味深い時期に自分が地球にいられるっていうことがいい経験だと。いや、よく考えたらどの時期もそれぞれに珍しいんです。それぞれに今そこだけのはずだから。

どんなふうになるんだろうということをこれから経験していけることに、ちょっとワクワクしています。

ただ、こういうふうに思いがけないことが起こった時って、やっぱりその人その人によって、受ける衝撃度はかなり違うだろうと思います。

変化を受け入れ難い人っていいます、性格的に。真面目に言われた通りに、みたいなのを自分の生きる信条にしていたような人にとっては、否応なく大きい変化が起こるってとても大変だろうなと思います。それを受け入れるのが難しい人にとっては、すごく辛いだろうと思う。自分以外のものに依存度が高かった人にとっても打撃は大きいのではないか。

元々変化に対する耐性ができている人とか、ものを見る価値観が多様化している人はわりと大丈夫かもしれません。私がずっと言ってきたことはそういうことでした。物事をいろんな方向から見るということをずっとコツコツ言っててきましたから。

私も、今は想像できていないけど、今後いろいろな事実がわかってくるでしょう。実際やってみたら、もうこれはできないとか、あと、違う形で新しく生まれるものもあると思います、きっと。今までなかったけど生まれる需要とか価値、必要とされる仕事とか。

でも、状況や環境が変わっても変わらないものもきっとあります。

人間の心が感じる普遍的な……、爽やかな風に吹かれた時に感じる気持ちよさとか、あたたかさ、人の優しさ、愛情。

アフターコロナの世界はどんなふうになるか……。

わからないけど、大きいことから小さいことまで、いろいろと変化があるだろうし、それをこれからちょっとずつ知っていくことができるんです。

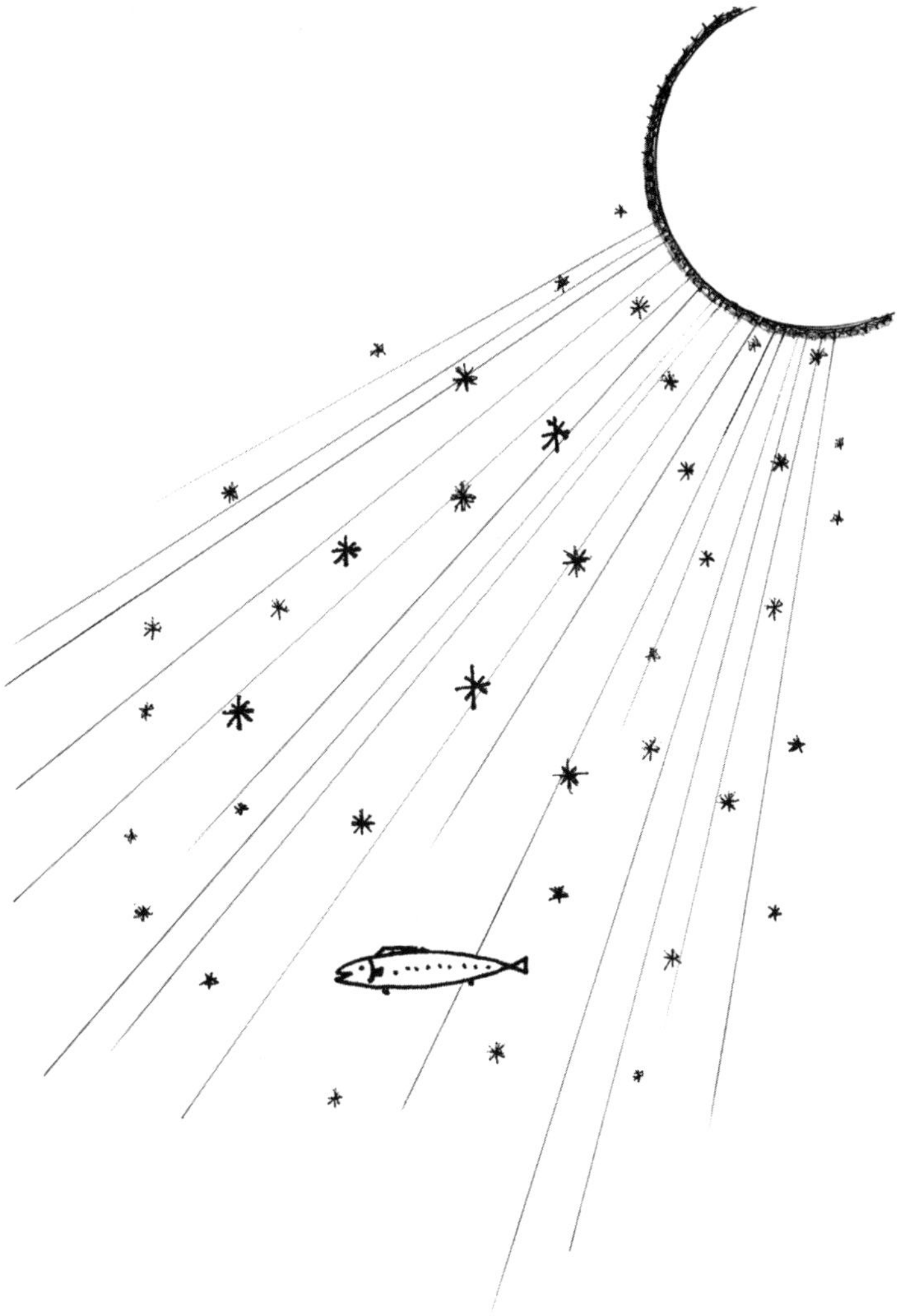

人から文句を言われないところにいる

人から仲間だと思われないのが一番この世を生きやすくするひとつの方法。

変わり者の私は、そう思います。人が人に嫉妬したり悪く言ったりするのは、仲間と思っているからなんです。どこかが共通していると思うから。でも、全く違う人種だと思うと全くそういう感情は湧いてこない。なので、同じって思わせないようにするのがいいと思います。

私は大体小学生くらいの時に、ほとんどのことの考え方の基礎ができたのですが、その頃から、仲間と思われないように、「この部分はみんなと共通しているかもしれないけどこの点でみんなとは全然違う」っていうようなところを見せていた気がします。無意識に私はそれをやっていた気がするんです。人から妬んだりされたくないので、できるだけ、「全然あの人違う。あの人に言ってもダメ」と思われるようにしてきました。多分。

だから人から相談ごとをされることもほとんどありませんでした。相談されても参考にならないようなことばかり言うかららしいのですが。

この人はこの人独自の道を行っているからって思われるのが、一番生きやすいし波風が立ちません。違う人種って思われるのが。

ただその代わり、一匹狼、孤独に強い、そういう人じゃないと難しいかもしれないです。誰にでもは当てはまらないかも。

やっぱり、私が最も重要視するのは自由さということなので。人から文句を言われないところにいられるように考えます。

文句を言うのって、文句を言える立場にあるからであって、その立場になければ言えません。全くの他人でそれを言う権利がない場合、人が何をしても何も言えない。自分が迷惑をかけられていなかったら、人に意見する権利はありません。だから、私がやることを止められないような場所を、私は選んで歩いてきました。

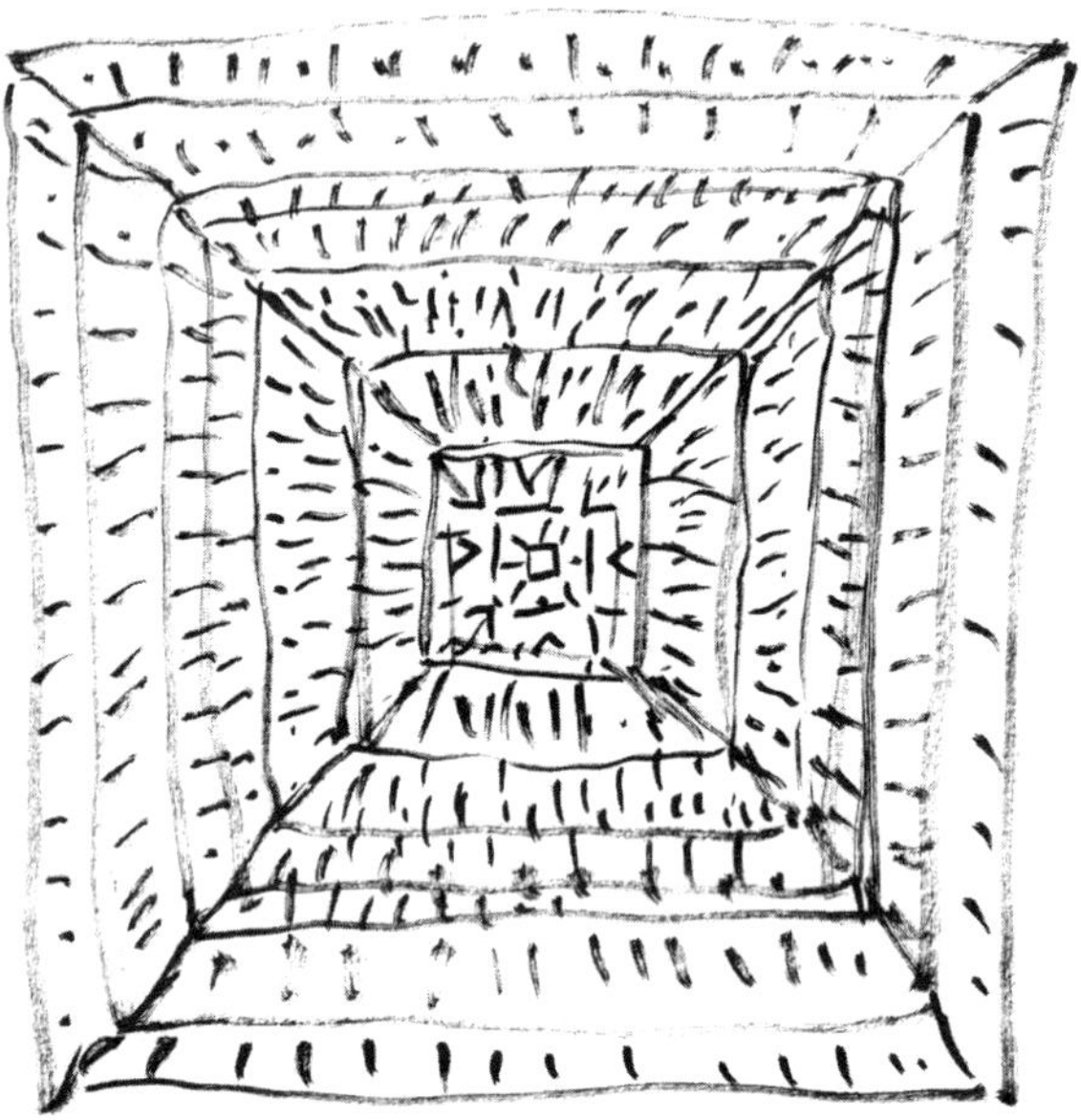

素直さは人の心を動かす

人の魅力とは何だろう、ということを考えました。

私は、素のその人が見えた時に魅力を感じます。

例えば、会話をしていると、大体は、緊張したり遠慮したり形式的だったり気を遣ったりが普通ですよね。それはそれでいいけれど、たまにそういうものを全部とっぱらって、言葉とか感情がふっと出る時があります。周りのことを意識せずに何気なくつぶやいた時とか、思わず自分の本音がにじみ出た瞬間とか。


大人でも子供でもあると思うのですが、素直にぱっとその人の思っていることが漏れ出るような感じ。だからどちらかっていうと相手と会話を交わしている時に出る言葉じゃなくて、心の中で思っていることがたまたま声になって出たような。たまにあるけど、ああいうの。心が、フトこぼれた、みたいな。

人のそういうところが私は好きです。素のね。私はその人の素を見られた時が面白くて、やっぱりそれは人の魅力であるなと思います。

人って、嫌な人とか意地悪な人とか、あの人ちょっと嫌いとか、ケチとか、ちょっと苦手だなとか……、いろいろな人がいます。いろいろいっぱいさまざまに。

でも、どんなに嫌な人でも全部が嫌なわけじゃないですよね。どんなにへそ曲がりな人でも、どこかに、その人の中の優しいところとか、いいところもきっとたくさんあるはずで。そのいいところを見たら、その人のその部分はいいなと感じると思う。普段は、そういうところをあまり見せなかったりするからわかりにくいだけで。

例えば、薄く濃く、嫌いだったり苦手だった過去の人たちを思い出した時に、自分との出来事、自分との関係においてはすごく嫌だったけど、自分との関係じゃない部分でその人のいいところとか素直なところはあったんだろうな、とは思います。だから結局、関係性ということなのかもしれない。どこでつながったか、という。

日常のレベルでいい人とか悪い人とかっていうのは、自分との関係における
いい人、悪い人ってことなんでしょうね。

素のその人って誰もがきっとみんな素敵なんです。

素敵というか、愛すべきものだと思います。

でも、それを出しにくい。

社会に出たり、家から一歩外に出たり……。家の中でも例えば、自分っていうキャラを作りすぎてしまって、家族の前では素直になれないってこともあったり。そうするとその鎧《よろい》を着続けてしまうんです。

自分が思う自分という、無意識に作ってしまった思い込みの服をまとって、なかなか変えられなくなってしまう。

でもその人の素直な心の発露、その人が素直になった時って、きっといいところがあるんだろうなと思います。

それで、今ふっと思い出したんですけど、私の父は、ある部分、生真面目と

いうか堅苦しく、家族の前では父親然とした感じの人でした。

ある時、いつも会う人とは違う人たちと旅行に行ったことがあって。旅先で、なんか冗談を言って笑った時に、私が見たことのない父親の無邪気な姿、いつもの父親然とした感じじゃなくて、普段、子供に見せたことのないような、すごく明るくて朗らかな父親を見たことがあって。あれっ！　意外となんか剽軽《ひょうきん》なんだなって思ったんです。そうか、こういうところもあるんだなって。父親として子供の前では見せない姿もあるんだ、と新鮮な気持ちになりました。だから人って、いろんな面があるけど、素直なところを見せるといいんじゃないかなと思います。

やっぱり素直さって人を感動させると思います。人の心を動かす。作ったものでなく、そういう無意識にこぼれ出た素直な気持ちを表現できるのは素晴らしくいいことだと思うので、できるだけ、そうできるように生きていけたらいい。普段から、自分の素のところを見せることはすごくいい作用を起こすと思います。

素の、本当に曇りのない濁りのない感情を表現するということの持つ浄化力というか、自分と人に与えるリフレッシュ、リセット感みたいなのがあって、その力を私はすごいと思っています。なので、素直にふっと思ったことを、パッと言うことのよさ。そのすごさや力。それを強調したいと思います。

お前は苦労が足りないと言う大人

私がよく見ている動画の作者（仮にT君とします）の話なのですが。

T君は、いつも人から楽しそうに見られてしまうんだそうです。でも、借金して事業をやって、ちゃんと借金を返して、今まで自分なりに一生懸命やってきているのに、どうも人から、見た目のせいなのか苦労してないように見えるらしく、「お前は自由で楽しそうでいいよな」って、苦労知らずみたいに言われると。

その前にも、職場の周りの大人たちに「お前は苦労が足りない」って言われて説教されたんだそう。それである日、「じゃあ、○○さんの苦労ってどういうことなんですか?」って聞いたら、言いたくないくらいの悲惨な内容だったみたいで、教えてくれなかったそうですが。その大人の人たちは、自分がすごく苦労して生きてきたので、T君が飄々とした性格でのんきに気楽にやってるように見えるから、苦労が足りないって思って、そう言ったんでしょうね。

それで思い出したのが、私が20代中頃に作詞を始めた頃、スタッフの人から、「若い時に成功すると後で大変だよ〜」って言われて嫌な気持ちがしたこと。T君が言われたことと、同じようなことです。T君は、「お前はいいよな」とか「お前は苦労が足りない」って言われて、その時にぐっと感じたなんか嫌だなって気持ちを、ずっと忘れられないって。私も、「後で大変だよ」って言われたことを、ずっと忘れていないんです。その瞬間に、わっ、嫌だなと、脅しとか呪いの言葉のように感じて。

今もこんなにまざまざと覚えているっていうことは、やっぱり、そういうことって、言ってはいけないと思います。人生の先輩が人生のひよこに。

私やＴ君は、絶対、後輩にそういうことを言わないと思います。

例えば、これからこういうことをやりたいって言う若い子がいたら、いいこともあれば大変なこともあるだろうなと思っても、それは誰にでもあるわけだから、やる前から、水を差すようなことは言わない。

長く生きているっていうだけで、年下の人に怖い忠告をする人は本当に要注意だと私は昔から思っていました。未経験ゆえに反論できないわけですから。なのでそういう人には近づかないように気をつけないと、と思っていました。まあ、突然言われたら仕方ないけど。

失敗から立ち上がる

さっき録音したものをアップしようと思ったら、録音されていなかったんです。

本当に、がっくりしますよね、録音されていないとわかった時って。何か、このがっくり感って、電車に乗り遅れた時もそうです。

乗ろうと思った電車に寸前で乗り遅れた時、目の前でドアが閉まった時、ものすごい後悔とともに、なんであと1分早く家を出なかったんだろうとか、もっとゆったりした気持ちで焦らずに移動しなくちゃいけないのになんでこんな大慌てで汗かいて……など後悔がいっぱい湧きおこってきます。それも、ちょっと待てばすぐ次の電車が来るっていうんだったらいいけど、なかなか次が来ない時って本当に大ショック。

私がそういう時にどう考えるかっていうと、いやこれでよかったんだ！　これでよかった点がどこかにあるはずだ！　と。

乗り遅れたことを悔やむことが、もう時間がもったいないし無駄なので、悔やむことをすぐやめて、今後の対策をまず考える。次からは10分早く出るとか、ぐずぐずしないとか、次の対策をまず考える。そうしたら、もうやることはないでしょう。この後悔に関しては。

で、もうぱっとあきらめて、次の電車を待つなら待つ、というところから始めます。ゼロから始めて、今できる最善のことをする、みたいに切り替えます。そうするしかないので。

次に、こうなったほうが逆によかったんじゃないかと想像します。

例えば、さっきの電車にもし乗っていたら、何か私にはよくないことが起こったかもしれない、乗り遅れたことで何かの難を逃れられて何かがラッキーだったかもしれない、私にはわからないけど1年後に何かいいことがあるかもしれない、など、そういうところまで丹念に想像して、無理やりにでもひねくりだして自分を鼓舞します。そこまで考えているあいだに悔しさもだんだん薄れていきます。

電車に遅れるようなことってよくあるのですぐ切り替えられるのですが、喋ったことが録音されていなかったというのは、それ以上にショックです。

さっき喋ったことは、もう二度と喋れない。一度しか。その時にイキイキと思ったことを。私は同じことはできないんです。心が。今は、今のことしか。

でもいろいろ考えてみると、録音できていなかったことは残念だけどそれは反省点として次はよく確認しようって思えばいいんだし、この失敗談を話すことができたし、まあ、いいとします。

人から相手にされないようにする

人っていうのは、最初は全く何もない状態で人と出会います。

その時に共通点があると、最初はそれがすごく嬉しい。同じクラスとか同じ町出身とか、同じ国の人とか同じ趣味の人とか、最初はそれが人と人を結びつけてくれるものになるので、それはすごくいいものとして作用します。最初はそれでいいと思います。

仲間のような同じベースを持っているってわかった次の段階では、今度はその関係の中で相手が自分をライバル視するとか、焼きもちを焼くような感情が芽生えたりします。最初はただ、仲良くなって嬉しいという感じだったけど、「あれっ？」って、それを感じる瞬間が私にはあって。あっ、これはまずいなって思った時に、その人が私をライバル視しないような、つまり私の場合は、こんな人なんかライバル視しなくてもいいわって思わせるように身を引くというか見せるというか。なんていうのか……、相手にされないようにして。でも、蔑まれるような相手のされなさではなくて、考えても無駄って思われるような相手のされなさです、望むのは。なんていうか、種類が違うと思わせる、しかもそれで蔑まれないようにするっていう、これは、なかなか微妙で。

道ってたくさんありますよね。方法。たくさんの選択肢の中で、すごく微妙なラインなんだけれど、私はそれでやってきました。

あと、キャラっていうのがあります。性格・生まれつき・元々の性質……その人それぞれにあるので、同じようには真似できません、人を。

私の場合、自分の強みがあるんです。つまり、さっき蔑まれないようにって言ったけど、ある程度、「バカにされるのが全く平気」なところが。つまり私も、相手を同じと思っていないからなんですが。

私は、人とずっといたり、人の感情を見せられたりすると、うんざりするところがあります。だからそれよりもひとりのほうがいいと思うので、結構ひとりでいることが多い。その代わり、やっぱりひとりでいることで、気が紛れないことがある。人といたり、いろんな交わりがあったりすると気が紛れて、そのあいだ、嫌なことを考えないで済むっていう利点もあります。

知り合いが多いとか、仕事でさまざまやっていたり、やらなくてはいけない義務で縛られているとか、そういうのが案外支えになることもあります。私もすごく忙しかった時に、意外と悩む暇がなかったな、という時期がありました。忙しくて、悲しみが紛れて助かったと思ったことがありました。

だから一概に、自分がすごく望む環境にいるからといって、嫌なことがなくて、全部がいいわけでもないんです。だって私は、今は嫌なことを丸のまま全部受け取っていますから。気が重くなったことも、全然紛らわせずに丸のままずっと感じ取り続けているんです。

でも仕方ないです、どちらかなので。両方は選べない。

生まれてきたこと、生きていること それだけで神様に恩返し

人は、生まれたままのそのままで、生きているだけで素晴らしい存在……と、私は一時期、よく言っていました。

今あるものって、自然の流れでそこにあります。

地球上の全ては自然の流れで今現在ここにある、ということは、その全部でひとつのものを構成しているということでもあり、どれも無駄なものはない。全部の点々で構成された世界。一枚の絵のどの粒子を見ても、これはいらないっていうのはありません。ひとつでもなくなると変わってしまう。だから、こ

れは大事でこれは大事じゃないっていうのはないと思います。

生まれたままのそのままで、というのは、生まれた時の状態に、あえて何かをプラスしなくても、知識や教養や経験をプラスしなくても、ただそのままの生まれたままの状態ですでにすごいと思うということです。それだけですごい。

生まれてきたこと、生きていること、それだけでもう「神様に恩返ししている」と思います。

やっぱり生きているって、とっても奇跡的というか不思議なことなんです。よくテレビで、脳のシナプスの動きなんかを、電子顕微鏡みたいなもので見たりしますよね。脳のシナプスが光ってどうのこうのとか、細胞がどうのこうのって細かい細かいところ。そこでこういうホルモンが出て、ピカピカって光って感情が伝達されるとか。あと内臓の中の仕組みとか。ものすごく微妙で繊細な働きによってうまく体の中のバランスがとれているみたいな。体の中には無数に同時にそういう動きがあります。何かが何かを食べていたり、白血球が悪いものと闘っていたり。そういう生きるための闘いみたいなものが無数に体の中で起こっていて、ちょっとでもそれが狂うと病気になったりするけど、たまにはあってもほとんどないですよね。

体を見てみても、そうですよね。循環しているというか、不必要なものはないというか。役目を終えて抜けていく毛とか、はがれていく皮膚はあるけど、それは全部正しく循環している。

右手を動かそうと思うと動くとか、それにものすごい仕組みが働いている。そういうことをずっと考えていると、不思議だしちょっと奇跡のようなものだなと思います。手がこうして動くとか、物が見えるとか、そのどれひとつをとっても、やっぱりすごいなと思って。怖くなるくらい、よくできている。

細胞の小さい小さいところの世界、原子とか分子とか素粒子とか……、そして上を見上げると空があって、もっともっと広い宇宙の世界が広がる。細胞のことと、今自分に見えている手足と、広い宇宙は同時にあって。そのことを常にどのレベルからでも見られるようになると、生きていることは奇跡だなと思うんです。

前に、物事は違う角度から見ると意外と楽しいって言いました。

人間関係のトラブルとか人の悲しみとか不幸とか、そういうものも面白く見えてしまうって言ったのは、そういう視点で見ているからです。

細胞みたいなところからの視点と、宇宙みたいなところから見ているのと、この現実世界の今見ている手足が動くのと。

感情をそういういろいろなところから見ると……、見るって言っても想像ですけど、見るとすると、ちっぽけなものなんかじゃなくて、ものすごいものなんです。不幸な出来事とか事件も、細かく分けると、ものすごい要素に分解されます。人の感情も、ものすごい要素に。だから細かく分けてそれぞれをいろんな方向から見ると、もうそれは事件でもないし、悲しみでもなく、なんだかスペクタクルな、奇跡的な現象とか反応にしか見えません。

私は、そういうふうに物事をとらえて詩を書いたり、いろいろ自分の表現活動をしています。これからは、そういう部分を、より自分の人生の中で、面積を大きくして生きていきたいと思っています。

自分とはこの目の奥の脳なのか

昨日の夜、パソコンで調べものをしていたら、ふと『頭がない男』という本が出てきました。何、これ？　と思って見てみたら、ダグラス・ハーディングという哲学者についての本でした。ちょっと面白くて、動画もあったので、見たりしました。

ダグラス・ハーディングの実験って言われているらしいのですが、物の見方をずっと考えていた人で。説明がちょっと難しいんですが、例えば、Aさんと自分が向かい合っているとすると、私からはAさんの顔が見えるけど、自分の顔は見えない。だから、Aさんの顔と、顔のない自分が対面している。自分の顔ではなくて、どこかから見ている。目の奥から見ていると思いますよね、目の奥には自分の体の内側があって、その中の心というか頭というか、そこから見ているって思っていますよね、普通は。

でも、そうじゃないって言うんです。Ａさんを見ている自分は頭の中にいる小さな閉ざされた自分ではなくて、無限に開放された静寂なあるひとつのもの、受容能力って訳されているのですが、受容能力があなたの本質です、と。受容能力っていうと、わかりにくいけど。

とにかく、この目の奥にあるのが自分の本質ではないということを、指差し実験みたいな面白い実験をいくつかして、気づかせるんです。いくつかの流れを追った実験によって、実は自分はこの小さい人間の自分ではなく、開放された広いものであって……ということを。

これは多分、私がよく言う、心の奥にすごく静かな湖があって、そこのところに私のおおもとは生きている……。あれと似ていると思ったんです。人間社会の生活とか人々の感情とかに左右されない、静かな場所があって、そこのことを思い出すとすごく落ち着く、といったような。

その見方に気づくと、すごく生きやすくなるというか、感情とか人間界の出来事、人間関係も、すごく客観的に見られる、ということをダグラス・ハーデイングは言っていて。それも、私が言っているのと同じです。そのことを思うと、私も何も気にならなくなるんです、現実のことが。

私だったらどんな言い方をするかなあ、なんて改めて考えてみました。

私は、こんな感じ。

人間として今の自分の体の中に入っている、毎日生きていて人と会話する体がある人間の、ひとつかふたつくらい外側にある、引いたところから見ているって感じなんです。そうすると、毎日毎日、テレビとかネットとか、周りの人とか、外で人がいろんなことを言って、経済がどうのこうのとか、誰がどうしたこうしたとか……、それがどういうふうに見えるかっていうと、テーブルの上にばらまかれた小さいビーズがあるとして。その小さい豆粒ビーズがちょろちょろ動いているというか、揺すられて動いているような感じなんです。

私はそれを離れて見ている感じで、だからどうした、別にいいじゃないか、というような気持ちなのです。トラブルとか事件とか事故とか全てが。

他の人の事件を見ても、なんて言うんだろう、それは私の問題ではない。あつ、ビーズが動いてる、というふうにしか見えません。

だからもっと言うと、自分のトラブルとか事故とか事件さえも、不幸だって思わないんですよ。不幸とは何か、ということについてそもそもその時、同時に考え始めているわけで。

離れて見ていると、悲しみとか喜びも同じ感情のひとつ、ただ種類が違う、としか見えなくて。私はそういうふうに感じているなあ、なんていうことを改めて思い出したりしました。

私たちは人生に翻弄される
ただの葉っぱなんかではない

前の話の説明を、追加したいと思います。

テーブルの上に小さなビーズがパーッとたくさんあって、それが揺れながら動いているのが人間みたいに見えると言いました。

喜びや悲しみや出来事も全部、揺れて、触れたり触れなかったりして、その時の感情や人間関係、それをひと回りふた回りくらい離れたところから見ている気がすると言いましたが、私自身もそのビーズ群の中にいるのです。

私も一個のビーズで、そのビーズ群の中の一個として人々と触れたり触れなかったりしながら、いろんな感情が生まれたり消えたりする、その同じ平面上に私自身もいて、同時に、ちょっとひと回りふた回り外の視点もある。どちらにも同時に存在している、ということを言い忘れました。

そして、例えばそのビーズの中にビーズを構成するもっともっと小さい小さい小さいものがあるとして。その小さい小さい小さいものからすると、そのビーズが喜んだり悲しんだり出来事が起こったりすることに関しては、言ってみれば関係ないです、無関心というか。ビーズを構成する世界の中は、多分もっと違うものに左右されているはずで、そのビーズの中にも、より小さい世界がどんどんあって。

そのビーズ群の中の私を見ているひと回りふた回り外の私の外側にもより大きい世界があって、それは永遠に続く玉ねぎの皮みたいに、小さいほうにも無限、大きいほうにも無限にあって、無限の層でできているわけです。

その無限にある層の、どの層にいるかという話で、どの層に自分の体があって、どの層から見るかっていうことだと思うんです。同じ層に体と心が一緒にある時は、もちろん右往左往したり翻弄されたりするけど、別に一緒にいる必要はなくて、体の苦しみを心が感じなくてもいいんだよっていう。さっき言ったひと回りふた回り外の層というか、違う層から見ると、心はあまり悲しくない。

それを言いたかったんです。

もっと違うところから見ることすらできるわけで。それは私だけではなくて、みんなも同じです。

そのことに何となく気づくと、世界が広がるというか。私が全然平気って言うのは、そういうことです。

怖いものは何もないっていう。感覚的にそれがわかると、世の中が面白く見えるんですよ。

とても面白いし、楽しい。

だから人を嫌いにもなりません。だって、ビーズがばらまかれたテーブルの層にいる世界の話だから。逆に愛しくなるんです。ごちゃごちゃした、醜いと言われるものすら、愛しく感じられるようになるんです。

すごい、と。こんなに、動いている、と。命の輝きだと。

つまり私が言いたかったことは、私たちは、人生という荒波にただただ翻弄されるだけの小さな木の葉では決してない、ということです。

そんなものではないんです。

誕生も死も日常に織り込んで

年老いていくこととか、死んでいくことって自然の流れです。

それを、ものすごく悲しく不幸なことと捉えてしまうって、なんだか偏っていると思いませんか？

私がよく言っているのは、「死んでいるように生きる」。

何かがあったから、死にそうになったから、急に、生きるっていうことを大事にするのではなくて、生きている時も死にそうになった時も、同じようにしたいと思います。

だから、誕生日を祝うんじゃなくて誕生日ではない日も誕生日であるように祝いたい。誕生日が特別ということでなく、普段から誕生日を祝う気持ちを1年を365で割って、「おめでとう」って日々の中で祝うような気持ちで生きていたいと思っています。

死っていうことに対してもそうで。

病気とか死に対する悲しみを、そうなった時に全部まとめて、ではなくて、それを一生で割った分の１日を今日の中に織り込んで生きていきたい、と思っているから見方が淡々としてしまいます。

喜びに関してもそう。爆発的に喜んだりはしなくて、その喜びを一生で割って分けて喜ぶ、みたいな。

生きているように死に、死んでいるように生きる。

生のように死を捉え、死のように生を捉える。

悲しむように喜び、喜ぶように悲しむ。同じことです。生きることも死ぬことも喜びも悲しみも同じです。それはどこからどこを見るか、ということです。

人々とともに成功する

みんなで一緒に成功しよう。

こういうことを、小学校くらいの時に、もっと大人が教えるべきだ、と思いました。何となくそういうことはあまり言わないですよね。こういうようなものの考え方、つまり、人を受け入れるほど自分も大きくなるとか、人が成功することを認めるほど自分の仕事がやりやすくなる、というようなこと。

なんかこう、意地悪が蔓延していたり、出る杭を打つとか、人の足を引っ張るとかいうような感じが多いですよね、現実社会って。

それと逆の見方、つまりみんなが上がると自分も上がるみたいな。私たちは一緒に同じところに生きているわけで、誰かが成功すると、私たちが住んでいるこのすべての土台が上に上がる、そういうものの見方。そして誰かがうまくいくことは、回り回って自分もうまくいくことにつながる、みたいなこと。

逆ですよね。

人を恨んだり妬んだり足を引っ張ったりするような雰囲気がありますよね、日本って。それの逆の見方を、子供の時に、いろんな言い方で、いろんな人がたくさん言えば言うほど、いいんじゃないかなと思うんです。それ以外のものの見方。ちょっと暗いものの見方がありすぎるので。

いろんなものの見方を知って、実際に生きていく上で、子供たちは自分はこう思うっていうのを作っていきます。その時の、人の意見の中で、暗いというか、人を蹴落としたり、意地悪いことをしたりするというような要素があまりに大きすぎて、みんなと一緒に成長しようよみたいな考え方があまりにも少なすぎると、その見方があるっていうことを知らなかったりします。

だから、そっちの方向をどんどん教えたほうがいいと思います。人の足を引っ張るんじゃない形でみんなで成長していこう、そんな考え方がたくさん人々の耳に入ったらいいなと思います。

今ここにないものを求めない

今、ここにないものを求めない。

今、目の前にないものを欲しがらない。

これが大事です。これが幸福の秘訣です。

例えば、都会にいて自然のなさを嘆かない。田舎にいて不便さを嘆かない。

それらは自明の理です。ないものはない。なのにいつまでも愚痴をこぼす人々がいます。ここではこうなんだから、もうこうなんだから、変えられないことには文句を言わないでください。そうすれば、かなりの部分がスッキリします。

私は、どうしようもないことに文句を言う人には近づかないことにしています。エネルギーと時間の無駄だからです。

今ここに、ないものを求めない。

そのことを徹底的に意識して生きるならば、気の沈みも憂鬱も不幸も不安も消えます。

そして、今ここにないものを求めないことがどうしてもできなくなって、その思いが強まって、今ここにないものを自分で作り出そうとか、欲しいものがあるところへ行こう、と思って行動し始めたなら、それは、次の新しい世界への扉が開く時です。

8 悲しみを癒す過去への旅

子供の時に、何か理解できないけどものすごくショックを受けるような体験をすると、その子供が、「感じない」という選択をすることがあるといいます。

以前に、オーストラリア人のすごく高価な星占いをやってもらった時に、「2歳か3歳くらいの幼い頃に、すごく強い悲しい経験をしたことがありませんでしたか？」と聞かれました。私は全く覚えていなくて、全然思い当たりませんって言ったけれど、覚えていないだけでそういうことがあった可能性はあるなと思います。

小さい頃って子供ながらにいろいろな経験をするだろうから、すごくショックを感じることってあると思うので、何かあったのかな？　と考えたけど、何も思い出せなくてそれ以上話は進みませんでしたが。

その星占いの人に、「小さい時に傷つく経験をするまで、あなたは踊りながら飛びまわるような、誰にでも話しかけるような自由な子供だったけど、それをしたらいけないんだと思って、急に体を硬くしてしまって、それをしなくなりました」というようなことを言われました。

そして、それに近いことはどんな子供でもあるかもしれないな、と思いました。

でも、それは、多分、2～3歳の幼い時だけでなくて、小学校でも中学校でもあった気がします。その時々で。でも、そうやって人っていうのは矯正《きょうせい》されていくわけで。それが傷になることもあれば、それによって正されることもあるので一概に何とも言えないですけど。とにかく、すごく辛い経験をもし子供の時にしたとしたら、それを感じないようにするっていうことはよく聞きます。

ネガティブな感情が認識されずに心の中に残って、それが原因で大人になってからも妙に何かに不安を感じたり怒ったり、何かをすごく嫌だと思ったり、人のある仕草や動作・言葉に敏感になるとか、こういう状況になるとお腹が痛くなるとか……。そういうことってあるだろうけど、その原因を探すのは本当に大変というか、慎重にしなくてはいけないし、丹念にコツコツ丁寧に分け入らなくてはいけない問題なのだろうなと思います。簡単じゃないでしょう。

だから、１日でパッと治るとか、そういうものではなくて、旅をするようなものだと思います。遠い過去の何かを探しに行くという。だから、その旅があまり苦しいものでなければいい。結局、ネガティブな記憶なわけだから、それって。

それが今に影響を与えていて、それを探しに行くしか治す方法がないということでみんな探しに行きます。大きくなって、問題化してしまってから。

その時に、苦しい思いをして苦しいものを発見して悲しむのは嫌だなと思います。悲しまずに済む方法を携えて、悲しみに向かいたい。

共に旅する人は、悲しまずに済む武器を与えなくてはいけないという気がします。それがプロのカウンセラーというか。お医者さんでも、まあ友達でもい い……友達がそれをできるかわからないけど。

でも、多分、自分で自分を治すこともできると私は思います。私は、それをやってきた気がします。私だけではないけど、人の言っていることと、あと自分自身でも試行錯誤して探検して……のような。

その時に悲しみを見つけても、小さい時の自分の悲しみを大きくなった自分が旅して見つけても、その子供をただ悲しむだけでは終わらせない、ちゃんと解決方法はある、あるという武器を持ってそこに行く。

私たちは誰もが大人になってから初めてその武器を手にします。その武器を携えて未来を通って過去に旅して、悲しんでいる小さな自分を見つける。

そして、その悲しみを癒す武器を与えるのです。自分が自分に方法を与えるのです。

人の人生というのはそういうふうに、自分の中の過去の悲しみを未来になって癒せるという、幾重にも入り組んだ構造になっているのだと思います。だからいくつになっても、何度でも、人は生き直せる。生まれ変われるんだと思います。

音声ブログ「静けさのほとり」から
抜粋したものに加筆修正しました。
書き下ろしを含みます。

装画・挿画　銀色夏生
装幀　幻冬舎デザイン室

私たちは人生に翻弄されるただの葉っぱなんかではない

2021年4月15日　第1刷発行

著者　銀色夏生
発行人　見城 徹
編集人　菊地朱雅子

発行所　株式会社 幻冬舎
〒151-0051 東京都渋谷区千駄ヶ谷4-9-7
電話　03(5411)6211（編集）　03(5411)6222（営業）
振替　00120-8-767643

印刷・製本所　図書印刷株式会社

検印廃止

Printed in Japan
ISBN978-4-344-03777-9　C0095

幻冬舎ホームページアドレス　https://www.gentosha.co.jp/
この本に関するご意見・ご感想をメールでお寄せいただく場合は、
comment@gentosha.co.jpまで。